ハヤカワ文庫 SF

〈SF2368〉

宇宙英雄ローダン・シリーズ〈666〉

イジャルコルの栄光のために

H・G・フランシス&ペーター・グリーゼ

渡辺広佐訳

JN250291

早川書房

8814

PERRY RHODAN

ZU EHREN IJARKORS

DIE HÖHLEN DER EWIGKEIT

by

H. G. Francis

Peter Griese

Translated by

Hirosuke Watanabe

First published 2022 in Japan by

HAYAKAWA PUBLISHING, INC.

This book is published in Japan by

arrangement with

PABEL-MOEWIG VERLAG KG

through JAPAN UNI AGENCY, INC., TOKYO.

目次

イジャルコルの栄光のために

イジャルコルの栄光のために

H・G・フランシス

登場人物

ロワ・ダントン……………………ローダンの息子
ロナルド・テケナー………………あばたの男
サラアム・シイン…………………オファルの合唱団の歌の師
トオモアン・タアアン……………同メンバーの女オファラー
ケエエン・チャアエル……………同メンバーのオファラー
ライニシュ…………………………侏儒のガヴロン人。ハトゥアタノのリーダー
アイスクシクサ……………………ライニシュの愛人
ドクレド……………………………惑星パイリアの法典守護者

1

「永遠の戦士イジャルコルの栄光のために大々的な生命ゲームが開催されることになっている」ハトゥアタノのリーダーであるライニシュがいう。「ロワ・ダントンとロナルド・テケナーは、ゲームを正真正銘の究極のスペクタクルにしようとしている。十一名の永遠の戦士がくることになっている。かれらの進行役ともどども」

「イジャルコルも？」アイスクシクサがたずねる。女ガヴロン人は侏儒《しゅじゅ》のミュータントより頭ひとつほど長身だ。彼女も種族の特徴にたがわず、眉が隆起していて、それは第二の額を形成するほど突きでている。その隆起部分を魅力的な赤、緑、白でメイクしているので、顔があでやかになり、目を大きく見せる働きをしている。また、鼻の側面にシャドウを入れているので、鼻はほっそりとエレガントに見える。唇はいくぶんひろく塗られていて、実際以上に幅があるように見え、ぽってりした感じがする。

アイスクシクサは若く、ライニシュにあたえる効果をよく知っている。想像力豊かにしつらえられた部屋を行ったりきたりしているあいだ、彼女は一秒たりともかれから目をはなさない。誘惑するように何度も向きを変え、かれがますます頻繁に手で額の汗を拭《ぬぐ》っているのを、大いに満足しながら確認する。

「イジャルコルもだ」ライニシュは強調する。「かれの栄光のために大きなゲームが開催されることを忘れるな。よりにもよってかれがその場にいないとしたら、まさに滑稽というものだろう」

「かれはエトゥスタルに旅立ったのよね」と、彼女は確認するようにいう。彼女は意識的にゆっくりとライニシュの向かい側にあるクッション付きの反重力シートにすわる。彼女は自分の美しさを知っていて、均整のとれた容姿を服装できわだたせていた。絹のような柔らかいブラウスを着ているのだが、それが上半身をヴェールのようにつつんでいて、ミュータントの想像を刺激する。ゆったりと仕立てられたズボンにプリーツがたくさん入っていて、脚が自由に動く。何本ものネックレスが頸を飾り、彼女が動くたびにかちゃかちゃと音をたてる。

「そして噂がある」彼女はつづける。「エスタルトゥに関する噂よ」

「それについてはだれもなにもいうべきではない」ライニシュは手で拒絶をあらわす。

かれがいまいるのはアイスクシクサの住居だ。いままで出会ったどの女性ともくらべものにならないほど魅力を感じている。かれは彼女の手をにぎって、「いったいわれわれ、なんでこんなことを話しているのだ?」と、かすれ声でたずねる。「アイスクシクサ、きみにはわからないかね? わたしは肉と血でできた生物だし、感情を持っている。そして、きみが近くにいれば、その感情に負けてしまう」

彼女はやさしくほほえみながら、手を引きはなす。「あなたは望むものすべてを手に入れることができるわ」という。「あなたは力を持っている」

「ああ、わたしには力があるとも」かれはきっぱりという。「わたしはなんでも手に入れることができる。愛以外はな」

「力はセクシーよ」と、彼女はいい、かれをきらきらと輝く目で見つめる。

「力について話すことなんてあるか?」と、かれはたずねる。「そもそも話さなければならないことがあるとするなら、われわれふたりに関することとしかないだろう」

ライニシュは女に手を伸ばすが、女は巧みな動きでかれから逃れる。かれを挑発するのを楽しんでいる。

ライニシュはシートの前端までからだを滑らせる。やろうと思えばアイスクシクサにたやすく自分の意志を押しつけることはできる。が、そうしたくなかった。彼女が自分に真の愛情を感じているかどうかを知りたい。かれは他者に対して容赦なく冷酷になれるだけに、愛を知ることが問題となる場面では、自分自身に対して不安を抱《いだ》いてしまうのだ。

彼女はかれの言葉を聞いていなかったようだ。

「ダントンとテケナーがここにきているわ。百万のオファラーの歌手と、その歌の師であるサラアム・シインも」彼女は考えこむようにいう。「かれらは生命ゲームの背景に、プシオン性の歌を入れるつもりなのよね」

彼女はライニシュを見つめる。

「ほんとうなら百三十万名の歌手がいるはず、そうよね？　だけど、あなたは十五万ずつに分けて、姿を消させた。どうしてなの？」

「そのことはすでに説明したではないか。三十万の歌手がいなくなれば、ダントンとテケナーの計画は失敗するだろう。かれらにとって、生命ゲームは期待はずれのものになるからな」

「つまり、あなたはかれらを破滅させるつもりなのね？」

「まさにそのつもりだ」かれは右手を、金属の〝パーミット〟でおおわれている左の前腕の上に置く。「それはわかっているはずだ」

「すばらしいわ」彼女はささやき、かれのそばにすわる。やっと、かれは彼女を両腕で抱くことができた。「わたしはかれらを憎んでいる。かれらに敗北をあたえてやるのだ」

　彼女の指がかれの髪をなでる。

「あなたは天才だわ」彼女はささやく。「わたしはあなたを敵にしたくない」

「きみはけっしてわたしの敵にはならない」かれは断言し、彼女を愛撫する。

　ゲームの開始までまだ数日ある。

「サラアム・シインがいなくなった歌手を発見し、まにあうようにシオム星系に連れもどすという心配はないのかしら？」

「そんなことはありえない」と、かれは答えた。「しかし、わたしはどんなにちいさな危険もおかすつもりはない。わが組織の助けを借りて、それぞれ十五万の歌手を送ったふたつの紋章の門を、一時的に遮断させるつもりだ」

「それって、どんな門なの？」

　かれは笑いながらこうべを振る。この問いに答えるつもりはない。

「でも、あなたでもそうかんたんには門を遮断することは許されないのでは」と、彼女はいう。

「わかっている、わがいとしき人よ。それは秘密裡《り》におこなわれねばならない。戦士イジャルコルの法で、紋章の門の活動を妨げることは厳禁されているからな」

　彼女は大きな目でかれを見つめる。

「あなたが罰せられるとは思わないの？」

「わたしでも」かれはうなずく。「きびしく罰せられるだろう。ただし、門がしばらくのあいだ遮断されている責任がわたしにあると露見すればの話だ」

かれは大声で笑う。

「だが、それはだれにもわからないだろう――きみが密告しないかぎり」

彼女は玉を転がすように笑う。両手でかれの髪をなでながら、

「そんなことができるの？」

「きわめてむずかしい。だが、わたしはみずから計画したことはいつだってやりとげる。そして、わたしにはいかなることでも達成できる手先がいる」

「権限のある門マスターに門のスイッチを切らせることができる手先？　そんなの、ナック以外にはいないわ」

「きみは賢い子だ！」

＊

トオモアン・タアアンは、紋章の門の前にひろがる豊かなグリーンの風景を見たとき、ショックを受けた。門から放出されたオファラーが、なだらかにくだっている幅広の林道を、太陽に照らされて白く輝く家々のある町の方向へと流れていっている。

隣りにいた若い男がでこぼこした地面でつまずいたので、女オファラーは触手を伸ばした。

若者はとどろくような大声を発する。それは、かれの怒りをまるごとあらわしていた。「なんのつもりです？」かれは歌う。「はなしてください！」

彼女は望まれたような反応を見せず、集団の流れからはなれ、いくつかの岩の背後に安全な場所を見つけるまで、かれをわきに押しやっていった。

「あなたは、わたしたちがどこにいるのかわかっていないのね？」彼女は憤慨して歌う。

若者は困惑しながら見つめ、

「あなたは美しい」という。

「おろか者！」彼女はどなりつけ、かれを突きとばす。「あなたとは話なんてできないわ」

彼女は身長一メートル半ほどで、樽形の胴体に、ちいさな袋がいっぱいあるように見える色鮮やかな服を着ている。彼女はテレスコープ状の首をめいっぱい八十センチメートルほど伸ばし、ほかのオファラーの頭ごしに見わたす。

「わたしたちはソムにいるはずなのに、ここはそうじゃない。ここは〝王の門〟じゃない。わたしたち、べつの惑星にいるのよ」

ケエエン・チャアエルはなにか答えようとしたが、きびしくさえぎられた。

「ソム人を見てみなさい！　すくなくともわたしたちと同じくらい驚いている」彼女は近くにいる鳥型生物の一グループをさししめす。かれらは羽のついた腕をはげしくばたつかせている。オファラーよりも明らかに長身のソム人は、完全にわれを忘れている生物のように見える。

「あなたのいうとおりだ」ケエン・チャアエルはつかえながらいう。かれは、いまにも声のコントロールを失いそうだ。「かれらは、われわれがここにあらわれるとはまったく思っていなかったみたいだ」

「とりわけ、これほどの数はね」トオモアン・タアアンは歌う。彼女は行ったりきたりしながら六本の触手すべてを空に向かってあげる。「すくなくともわたしたち、十五万名は紋章の門から出てきた。ええ、まちがいなくそれぐらいは。どう思う？」

彼女はまたもやケエン・チャアエルに話させない。かれは彼女よりすこし若い。からだに密着した腹巻きのようなものが樽状のからだをとりまいている。そこには赤、緑、黄色に輝く縞《しま》模様があって、華奢《きやしや》なひだ飾りがついている。短くてずんぐりした脚は、側面が真珠で飾られた青グリーンのズボンをはいている。

「パイリアよ」彼女は自信たっぷりに胸声音《きようせいおん》で歌い、力強い響きを追加し、もう一度、間違った目的地にいることの不快を強調した。「そうよ、ここは惑星パイリアにちがいないわ」

まるでいまようやく気づいたかのように、彼女は身を乗りだして、かれをじろじろ眺める。

「あなた、ほんと、ハンサムよね」彼女は情愛のこもったメロディでたしかめる。「あなたはアバンチュールに値《あた》いするかもしれない」

「それだけ？」と、かれは口ずさむ。

「あわてない、あわてない」彼女はかわす。「わたしはそんなにすぐには惚れこまないのよ。あなたはほんとうにきれいな顔をしているし、あなたのお団子みたいなのをそう呼んでよければ、心のこもった目をしているわ」

「そう呼んでかまいませんよ」

「いいえ、きれい、というのは正しい言葉ではないわね」彼女は訂正し、かれにとっては好ましいとはいえない、ずっと大きな声で歌った。いまや何名かのオファラーの注意をひいている。「いいえ、美しいというべきね。きれいは表面的なことがらにすぎないけど、美しいという言葉は魂にも関係している。あなたはわたしのなかのなにかをゆさぶるのよ」

「ありがとう！」かれは恥ずかしそうにささやく。「しかし、われわれ、ここで甘い言葉をささやくかわりに、共通の問題に集中すべきではないですか？」

「おやおや、わたしのおちびちゃん、わたしがまじめにいったと思っているようね！」

トオモアン・タアアンが声を響かせる。「でも、あなたのいうとおりよ。わたしたち、まず、手近にあるものに心を配りましょう。まずはさっさと、ソム人になにが起こったのか、わたしたちになにをすることができるのかを訊いてみましょうよ」

彼女は気乗りがしない若い男を引っぱっていく。若者はかたわらの女性をじっと見つめた。彼女はいつのまにか、驚くほどすみやかにショックから立ちなおっている。どう対処したらいいのか皆目見当もつかないではないか。自分は彼女より劣っていると感じている若者は、あからさまに発散される魅力にあらがうことができない。明らかな関心をよせられ、いい気持ちになった。そして、彼女をなんとか守ろうと思った。これまで、ほとんど女性とかかわりを持ったことがない。だからほんとうのところ、彼女をどう評価したらいいのかわからないのだ。彼女がまじめにいっているのか、それとも、ただからかっているだけなのか。たまたまかれがここにいるという理由だけで、かれにちょっかいを出しているのか、それとも、かれにほんとうに関心があるのか？

心臓をどきどきさせながら、かれは彼女にしたがう。

かれは基本的には、大きな目標を立てたりはせず、むしろことを成り行きにまかせるひかえめでしずかな男だ。かれにとってほんとうになにがしかの意味があるものは、音楽と生命ゲームだった。かれはできるだけ多くの時間を音楽についやしてきた。ただ歌うだけではない。特定の楽器にこだわることなく、さまざまな楽器にも挑戦していた。

それだけではなく、かれは恒久的葛藤の哲学を確信する信奉者でもあった。それゆえかれは、生命ゲームのために歌えという要請に、大いに感激していたのだ。それだけに、目的地に到着できなかったことに対する失望は明らかに大きい。

〈だが、まだその望みをあきらめないぞ〉と、かれは考える。

「きみたちはここでなにをするつもりなんだ？」ソム人のひとりが叫んだ。ほとんど悲鳴だ。非常に興奮していて、くちばしの下や横の血管が浮きあがっている。

「あんた、頭がおかしいんじゃない？」トオモアン・タアアンが無遠慮にどなりつける。「ひょっとしたら、あんたは、わたしたちがなぜここにいるのか知っているとでも思っているの？　わたしは逆にあんたから情報をもらいたいのよ。本来なら、わたしたちはいま、シオム星系にいなければならないのに。それなのに、なにかがうまくいかなかったみたいなのよ」

ソム人は彼女を唖然として見つめた。こんなふうにどなられるなど、予想もしていなかったようだ。ケエエン・チャアエルは笑った。ますますトオモアン・タアアンを好きになってきた。

「われわれ、必要以上に長くここにとどまりたくない」かれはきっぱりという。

「まさにそのとおり」と歌いながら、彼女はつけくわえた。「あんたはだれがここのボスかいいさえすればいいの。わたしがそいつと話して、紋章の門を正しく調整させ、わたしたちがここから出ていけるようにさせるから」

べつのソム人たちが近づいてきた。こうべを振りながら、かれらはふたりのオファラーをじろじろ見る。

「あんたたち、頭がまともじゃないんじゃないのか？」かれらのひとりがいう。「法典守護者ドクレドがパイリアの管理者だ。かれが〝テラナー門〟と呼ばれているこの紋章の門を管理している。しかし、かれは、あんたたちが望むところへあんたたちを送る力を確実に持っているわけではない」

「では、だれがそれを決定するの？」トオモアン・タアアンがたずねる。

「残念ながら、答えられない」と、鳥型生物。「われわれも知らないのだ。あんたたちがすぐに消えてくれるのなら、われわれにとってそれがもっとも好ましいことだ。あんたたちはわれわれにとっても大問題だ」

「ほんとうなの？」

ケエン・チャアエルはトオモアン・タアアンを驚いて見つめる。彼女は、ソム人がかれらを意図的に誘導したと疑っていたようだ。

「もちろんだ」と、べつのソム人が甲高《かんだか》い声で答える。「われわれはすでに供給の問題をかかえている。いまだってたっぷりではない。それが、いま、あんたたち、すくなくとも十五万名が到着し、そして、あんたたちは生活するために必要なものすべてをわれわれに要求する」

「たんに供給の問題だけではない」さらにべつのソム人が定まらない声でつけくわえる。

「ごみ処理の問題もある。十五万のオファラーがこっそり藪に姿をくらませたら、このあたりすべてが汚物だまりになる」

「あ、もよおしてきたわ」トオモアン・タアアンが歌う。

ソム人たちは手を打ち合わせ、背を向ける。

「お願いだから！」と、かれらのひとりがいう。「ここではやらないで！」

「どこだったら？」と、彼女はたずねる。「これはしたり、正しくない転送のせいでわたしの腸はひどくダメージを受けたみたい。もうこれ以上は耐えられない」

ソム人が四散する。

「やわなんだから」トオモアン・タアアンが軽蔑するようにいう。「ここで待っていてね、わたしのかわいい子、わたし、ちょっと藪に行かなくっちゃ」

ケエエン・チャアエルは、予測せぬ状況に対してこのように反応しているのは彼女だけではないことを知った。一万のオファラーが、近くの町へと突き進む流れからそれていっている。

〈だれが計画したにしろ〉と、ケエエン・チャアエルは愕然として考える。〈こうなることは考えられただろうに！〉

影がかれの上に落ちた。上を向くと、四機の大型グライダーが見える。マシンがおりてきた。なにが起こっているのかをちゃんと知る前に、何人かのソム人がかれを力ずくでグライダーにひっぱりあげた。一ロボットとともに、ほかの数人のソム人がトオモアン・タアアンを藪から連れだし、はげしく抵抗しているにもかかわらず、彼女をグライダーにひっぱりあげた。

「せめてズボンを引きあげさせて」彼女は怒りをあらわに毅然としていう。唇のないスリットロを持つ卵形の頭部は真紅に染まっている。頭の下の腕くらいの太さの軟骨のふくらみから、さまざまの高さの音が鳴りひびく。鈍い低音はティンパニーの響きに変わる。彼女は、これ以上はっきりと抗議を表明することはできない。しかし、ソム人はそんなことなど気にもかけない。かれらは彼女を肘かけ椅子に放り、麻痺させるぞと脅すことでようやくしずかにさせた。

グライダーはスタートし、すみやかに紋章の門からはなれる。数分後には、大きな鳥の巣のように設置されている白い建物群のまんなかに着陸した。ガラスのドアがソム人と両オファラーの前で音もなくうしろに開く。トオモアン・タアアンとケエエン・チャアエルはひそかに目を合わす。このあつかいに抵抗するのが無意味であることは、とっくに明らかだった。かれらは待ち、いくつもの通廊をへて豪華な設備のととのった部屋に導かれた。べつのドアからひとりの威張ったソム人が入ってくる。ふたりに軍隊的な正確な足どりで近づいてくる。ふんぞりかえって大きくつきだした胸は、尊大さのあまり破裂しそうだ。

これがだれであるのかという説明など必要ない。ふたりはかれに会ったことがなかったが、かれが法典守護者のドクレドであることはすぐにわかった。かれについては、すでに多くのことを聞かされていた。

「テラナー門がブロックされている」ドクレドが会話の口火を切る。「なぜだ？」

かれの声は両オファラーの耳には不快だった。

「どうしてわたしが知っているというの？」トオモアン・タアアンがかっとなる。「まったくわからないわ。わたしたちの望みはひとつだけ。可及的すみやかにシオム星系に行きたい。わたしたちは生命ゲームで歌いたい。イジャルコルの栄光のために。ただそれだけよ」

法典守護者ドクレドは肘かけ椅子のところに行き、すわった。かれはちいさな手をきどった動作で置き、頭をかしげ、探るようにふたりを見つめる。

「きみたちがここにいるのは偶然ではない」と、かれはきっぱりという。「だれかが生命ゲームを妨害しようとしている。ひょっとしたら、失敗させようとさえしている。推測にすぎないが。イジャルコルがおそらく帰路についている可能性が大なので、状況はとりわけ危険だ。かれはいますぐにもシオム星系に到着する可能性がある。ゲームがかれの期待に応えるものでなければ、かれは不機嫌になるだろう」

トオモアン・タアアンは元気よくかれに近づく。彼女は六本すべての触手をあげ、

「まさにそれがわたしたちも心配なの」懇願するように歌う。「だからこそ、テラナー門がふたたび活性化される必要があるのよ。可及的すみやかに」

「おまえたちがそれとなにか関わっているのか？」と、法典守護者。

「わたしたちが？　これっぽっちもないわ」

「すぐにわかるだろう」ドクレドは立ちあがり、ほかのソム人たちのほうを向く。

「わたしたちのいうことを信じてないのか？」トオモアン・タアアンは触手をかれのほうに伸ばすが、伸ばしつづけることはできなかった。すぐさま、一ロボットが立ちふさがったから。

「かれらを尋問しろ！」法典守護者は命じる。「さほど痛めつける必要はない。わたしは真実を知りたいだけなのだ。かれらがいつ真実を述べる気になるかということしだいだがな」

2

「これまではったりにすぎない」と、アイスクシクサはいう。嫌悪感いっぱいの目つきで、派遣団をひきいているナックのファラガを見る。「ソム人とオファラーは、パイリアのテラナー門とロムボクの〝英雄の門〟が遮断されていると思っているけど、まだそこまではできていない」

「まさしく！」ナメクジ生物が、音声視覚マスクを介して確認する。「ひと息ついているということ。われわれはまだ本来の仕事をやっていないし、今後もおしゃべりをしているだけなら、やり終えられないだろう」

一行がテラナー門の奥に入ると、かれは反重力装置ですみやかに移動した。アイスクシクサと七名のガヴロン人はかれのあとにつづく。

若い女は勝ち誇っていた。最初の目標をかなえたのだ。遮断を実現する派遣団のひとりになることを、なんなくライニシュに認めさせたのだ。このことは彼女にとって重要だった。ひとつには、彼女が力や力の行使に関わるすべてのことを愛していたから。またひとつには、彼女がナックに対して特別な思いをいだいていたから。たしかに彼女は、ナメクジ生物に関して、その特別な属性ゆえにひきつけられていた。が、同時に、その外観ゆえに嫌悪していたのだ。

〈かれらは醜い〉と、彼女はナックのあとを追いながら考える。〈まったく吐き気がする〉

以前は、香辛料のきいたソースで煮つけたちいさなガヴロン＝ナメクジが大好物だった。だがナックを最初に見て以来、彼女はそれがもう喉を通らなくなった。

ナックの皮膚はいつまでも湿っぽい感じで、ぬめぬめしていて醜い。目に見える感覚器官はなく、多くの者たちに盲目で耳が聞こえないとみなされている。だが、そうではない。かれらはプシオン性エネルギー・フィールドのような高周波ハイパー・シグナルを見ることができ、したがって、このような複雑な構造のなかでも道を見わけられるのだ。

かれらがどこからきたのかはだれも知らない、謎につつまれた生物だ。かれらはほかの宇宙からきたとか、エスタルトゥが宇宙の未知の深淵から助けてもらうために連れてきたとか、そういった噂がくりかえし持ちあがる。

アイスクシクサは、ナックに関してできるだけ多くのことを探りだし、それを研究することを自分の課題とした。しかし、発見したことをほんとうに評価できるところまではまだいっていない。

自分がこの派遣団のメンバーでなければならないと、なんなくライニシュに納得させることができたことを考えたとき、彼女は笑みを浮かべた。

ナックはもっぱら科学者である。かれらは紋章の門のとりあつかいにしか関心がなく、けっして政治に関わろうとはしない。これらの門のそれぞれに五百人ほどのナックがいる。そのうちのひとりが〝門マスター〟であり、ほかの者たちは〝門管理者〟――本来の操作要員である。全員が、これといった感情をあらわさず指示に忠実に自分たちの任務を遂行する。

からだの上部に十二のプシ感覚のちいさな腕があり、それを使って機器を操作することができ、頭部にあるふたつのプシ触手で、プシオン性エネルギー・フィールドを知覚する。からだのほとんどは、かれらにとって支持骨格として役立っている装甲につつまれている。ぶ厚い腹足に反重力装置が備わっていて、かなり速く動くことができる。

〈そんなことくらいだれだって知っている〉との考えが、アイスクシクサの頭をかすめる。〈わたしはナックのことをもっと知っている。しかし、まだまだ充分ではない。わたしはすべての謎を解きたい〉

ライニシュがどうやってナックをそそのかし、非合法な行動をさせているのか、彼女にはまだわからない。

ライニシュはナックのファラガと意思の疎通がよくできていると思われる。すくなくとも、ファラガがライニシュのために尽力しており、この派遣団が実現できている。

永遠の戦士たちはナックを紋章の門の管理者にした。ナックは門のマシンの複雑なプシオン性事象に対して、超自然的ともいえる知覚能力を持っているし、この仕事を気にいっているように思えたからだ。しかし、イジャルコルに対するかれらの忠誠心というと、どうなのだろうか?

この問いには、ライニシュも答えることができなかった。

「わたしが思うに、ナックが門管理者および門マスターとして活動しているのは、この仕事が気にいっていて、プシオン性マシンに従事する必要があるからだ」侏儒のガヴロン人は、夜になってアイスクシクサがかれの隣りに横になったときにいった。「かれらが戦士になんらかの義務を感じているからではない」

アイスクシクサは、ライニシュがナックに関してそのようにいったとき深く考えこんだ。これまでに構築してきた独自の仮説を、テラナー門のなかへ進出することで立証したいと思ったのだ。

彼女の推測では、ナックはそもそも恒久的葛藤の教えを理解していない。ある種のほのめかしから、彼女はライニシュもそう思っていることを予感した。しかし、かれを巧みに誘ったものの、ライニシュがこれに関してはっきりと言明することはなかった。

ナックはそもそも永遠の戦士に対して、忠誠心を持っているのだろうか？

〈きっと持ってない〉と、アイスクシクサは考える。〈これまでわたしが見つけだしたことすべてにしたがえば、かれらが紋章の門で働いているのは、鈍い衝動がそうするように強《し》いるからだ〉

一通廊のつきあたりに到達した。装甲プラスト製ガラスごしに、かれらははるか下方に横たわっている地面を見おろすことができる。アイスクシクサはオファラーの歌手の流れを眺めた。かれらはテラナー門をはなれ町へと近づいていっている。

〈あなたの計画がうまくいけばいいのだけど、ライニシュ〉と、彼女は考える。〈ここに十五万名、そしてロムボクにも同じだけの数……これはとんでもない人数だわ〉

　ハッチが開き、派遣団は薄暗い部屋に入る。なかで、一ナックがかれらを待っていた。だれも彼女になにもいわなかったが、彼女はすぐに、かれが門マスターであるとわかった。このナメクジ生物は、かんたんには逃れられないようなある種のカリスマ性を持っていた。

　驚いたことにファラガは門マスターにソタルク語で話しかけた。そのため、彼女と派遣団のほかのメンバーもいっしょに聞くことができた。かれは多くは話さなかったし、それに対する門マスターの返答もわずかなものだったが、彼女にはそれで充分だった。なぜなら、彼女がこれまで熟考してきたこととぴったり合ったからだ。

門マスターとほかのナックにとって、紋章の門は、だれかに道をしめすために維持しなければならない宇宙の標識灯のようなものだ。この〝だれか〟がだれであるのか、彼女にはわからないが。

アイスクシクサは魅了されたように聞きいるが、なぜかれらはいっしょにきているのだろうかと彼女が自問するほど、派遣団のほかの者たちはほとんど関心をしめしていない。どっちみちファラガが本来の仕事をかたづけている。同胞の言葉であるかれの言葉は、永遠の戦士の命令以上に門マスターには有効だった。

そうかんたんには任務をかたづけられないのではないかという疑念がおきた。しかし、アイスクシクサは、ファラガがとりたてていうほどの抵抗にあっていないことを確認する。ファラガは、自分の要望どおりに門マスターが行動するよう説得していた。

門マスターは、テラナー門を遮断することと、さらには、惑星ロムボクにある英雄の門も同様に遮断されるよう手配すると約束した。

〈ほんとうにかんたんだった〉と、アイスクシクサは、部屋をはなれるときに認識した。〈そして、重大な罰を受けるのではないかとナックたちを危惧《きぐ》させてはいけない。かれらはごく少数しかいないし、かれらは紋章の門を稼働させるのに欠くことのできない者たちなのだから、かれらの機嫌を悪くするようなことをしてはいけない〉

＊

サラアム・シインは大きな部屋に入った。そこでは、ロナルド・テケナーがスタッフとともに生命ゲームの準備をしている。通常ならロワ・ダントンもここにいるはずだ。しかし、なぜなら、かれと銀河ギャンブラーにゲームの構成がゆだねられているからだ。しかし、いまは、〝スマイラー〟ひとりが、かれを補佐する七十名以上のソム人やガヴロン人といっしょにいる。あばた顔のテラナーは、ゲームと参加する者に関するあらゆる情報を集めた大型コンピュータの端末の前にすわっていた。

生命ゲーム……いつもは惑星マルダカアンで演出されている……は何千年来オファラーによって催《もよお》されている。それは、戦士イジャルコルの輜重《しちょう》隊の潜在的候補者を見つけだし、リクルートするのに役立っている。この仕事はイジャルコルによって、恒久的葛藤の経過のなかで試験に合格したことに対する一種の褒美としてオファラーにゆだねられた。それはシオム・ソム銀河の境界をはるかにこえて知られている。それゆえに、観客あるいは競技者としてそれに参加するために、エスタルトゥのあらゆる領域からきわめて種々の生物がやってくる。

ゲームの意義は、戦士法典にもっともふさわしい者たちを見つけだすことだ。

サラアム・シインは頭に戦士法典の戒律を浮かべながら、テケナーに近づく。

それは服従、名誉、戦いの戒律だ。

サラアム・シインはテラナーに友好的に挨拶する。かれは、テケナーがほんとうはいかなる目的を追求しているのかを知っているし、それを了解していた。

テケナーとダントンはゲームの企画準備を許された。それを認めようとしないどれほど多くのオファラーが、かれらを妬《ねた》んでいるか、かれは知らない。何千年のなかではじめて、かれの種族の代表者たちが生命ゲームを主宰していなかったとしても、そんなことにはまったく興味がない。これが最後の開催になればいいとさえ願っている。

かれはテラナーといっしょに部屋を出る。ふたこと、みことそっけない言葉をかわしながら、少々の飲み物と食事が準備されているべつのよりちいさな部屋に入った。

「わたしはライニシュの陣営からいくつかの情報を得ている」と、テラナー。ラサト疱《ほう》瘡《そう》の痕が目につく顔に笑みが走る。「侏儒のガヴロン人は、ゲームがはじまるまでの数日内に三十万名の歌手をわれわれがここへ連れもどせないと確信している」

「そうかもしれない」サラアム・シインは平然と答える。「しかし、連れもどせるかどうかはそれほど重要ではない。わたしには歌手たちと連絡をとれるかどうかのほうが、はるかに重要だ。いなくなった者たちが決定的な瞬間に歌いはじめられれば、われわれは目的を達成できる。それは、かれらがわたしの監督のもとで習得した歌でなければならないが」

「わかっている」テケナーはミネラルウォーターを選択する。「われわれにはこのただ一度のチャンスしかない。それを逃すことはけっして許されない」

「そうとも」と、サラアム・シインは歌う。「さもなければ、われわれがふたたびチャンスをつかむまでに何年もかかるかもしれないし、ひょっとしたら二度とそういうチャンスは訪れないかもしれない。だから、われわれはどうしても、ライニシュがこの三十万名をどこへ連れていったのかを見つけださねばならない。それに、ぎりぎりまで待っていてはだめだ。それでは手遅れになる」

「われわれ、かれらを探しだす。すぐにもだ」テケナーは約束する。「それがいかに重要か、わたしにいう必要はない。そのことは充分承知している」

「なんとしても成功させなければ」と、オファラーは強調する。「それは、永遠の戦士イジャルコルにとって、信じられないほどの驚きになるだろう。そのときまでに、かれがここにもどってきてくれればいいのだが」

「もどってくるさ。わたしはそう確信している。かれは偉大な出来ごとの目撃者になるはず」

ドアが開き、キイク・トゥラアルが入ってくる。きわめて能力のあるサイバネティカーで、かれの助けがなければテケナーとダントンはやっていけない。かれはふたりと緊密に仕事をしている。かれほどに重要な協力者はいない。なぜなら、かれは、オファラーが過去千年間においてゲームを組織化するさいに集めた知識と経験をあらわしているからだ。

しかし、テケナーはキイク・トゥラアルを自分たちの計画に入れるほどには信頼していない。このサイバネティカーは、まずまちがいなくイジャルコル側のオファラーだ。

とはいえ、この点に関して直接質問しても、かれはいつもかわしている。

いま、キイク・トゥラアルは純粋に組織に関するいくつかの問題を提示しにきただけだ。それがすむと、かれは出ていった。

数時間後、かれはふたたびあらわれた。

「おじゃまして申しわけないが」と、かれは歌う。「でも、とても心配で」

「どうして？」と、歌の師がたずねる。

「どうして？」キイク・トゥラアルは啞然としているように見えた。触手をだらりと垂らしている。「すべての歌手が衛星イジャルコルにいてはじめて、われわれ、生命ゲームの舞台をつくることができるということを、わかっているはずです」

「ああ、わかっているとも」と、サラアム・シイン。

「でも、全員そろっていません。三十万名が欠けている。舞台をつくれないほどの数です。これでは、構成全体が麻痺してしまう。生命ゲームは開催できません」

「なぜ歌手がここにいないのだと思う？」サラアム・シインがたずねる。

「何者かが紋章の門を操作したにちがいありません」サイバネティィカーは一秒の躊躇《ちゅうちょ》もなく答える。「そして、それをしたのはライニシュだと思います」

「重大な告発だな。ロナルド・テケナーあるいはロワ・ダントンに対して妨害行為をくわだてないようにと、イジャルコルがライニシュに厳命したことをわれわれ全員が知っている」

「知っています。でも、かれが禁をおかしたことは想像にかたくない。とはいえ、確証はありませんが」かれの歌声はさらに力強く、感情のこもったものになった。と、同時にその音程が重低音にかわった。「すべてがわたしがプランしたとおりに進行しなければ、それは、わたしにとって重大な敗北です。失敗したら、わたしは耐えられないでしょう」

ふたたび、かれは部屋を出ていった。

「救いをもとめる叫び声のようだった」サラアム・シインは、テラナーとだけになったときにコメントする。

「あるいは警告のようでも」と、スマイラーが答える。

サラアム・シインは驚いて振り向く。「かれが怪しいと？」

「それはわからない。ただわたしは、かれがよりにもよっていま、失敗する可能性があるという話をするのは奇妙だと思う。われわれは一日中、いろいろな可能性について話すチャンスがあった。だが、かれは三十万の歌手の消滅についてなにもいわなかった。しかし、それからきみがきて、わたしと話をした。そのときになって、かれは、われわれにその危険をもう一度指摘する必要があると考えたのだ。不思議なことにね」

長い人生の経過のなかで、ロナルド・テケナーは危険に対する勘を養ってきた。これまでUSOのために働いてきた長い年月のあいだに、絶対的に誠実であるように思われた生物が、ある日、これまでかれが思っていたのとはまったくべつの指針にそって考え感じていることを意図せずしめすという経験をしたことがあった。

キイク・トゥラアルには用心しなければならない、とかれは感じる。

＊

キイク・トゥラアルはサラアム・シインとロナルド・テケナーと話をした部屋を出て、専用のコンピュータ端末にもどった。

ミスをおかしたと感じる。

あのテラナーはなんという独特な目をしていることか！　おまけにたくさんあばたのある奇妙な顔！

あの男と向き合って立つと、いつも不思議な感情が湧く。テラナーというのはなんともいいようのない奇妙な存在で、かれには理解しがたい独特のメンタリティがある。かれらはまったく異なるロジックで動いているように思えた。

オファラーの種族がどんなまちがいをおかせばイジャルコルに罰せられるかを、キイク・トゥラアルはくりかえし熟考する。何千年このかた、もっぱらオファラーがゲームを開催してきた。それがいま突然、ふたりのテラナーがその責任者になった。

信じられない！

キイク・トゥラアルはテケナーとダントンを憎んでいる。そこでかれは、二度とイジャルコルがオファラーでない者にゲームをまかせようという考えを持たせないようにしようと決めた。

〈ゲームは破局のうちに終わるだろう〉と、かれは考え、端末記録のいくつかに身を乗りだす。〈すでに三十万名のオファラーが跡形もなく消えている。これは最初の兆候だ。そして、ますます悪くなっていくだろう〉

かれはモニターを見る。そして、ためらった。

この数日間に、かれはゲームの主宰者に対して妨害工作になるようないくつかのものめごとを準備した。あとは、それらを入力しさえすればいい。これからの数週間のどこかの時点で誤りが忍びこみ、それがさらなる誤りを導き、ついにはゲームが崩壊することになるだろう。

〈しかも、どこからまちがった指示がきているのか、逆にたどることはまずできない〉

と、かれは考える。この妨害プランは機能するにちがいない。かれはそれをくりかえしチェックし、洗練させた。危険要素を除去し、消し去った。それでも、なお疑念がのこる。

キイク・トゥラアルは勇敢な男ではない。実際の戦いにおいては、けっして面とむかって敵に対峙《たいじ》することなどできない。そんなことをするくらいなら譲歩し、自尊心が傷つくほうがましだ。対決にいたる場合には、ずっとそうしてきた。そのような状況を回避し、敵をからぶりさせ、ほかの策を弄《ろう》し、ちょっとしたまわり道をして目的を達するほうがずっと賢明で巧みなのだと、たえずおのれにいいきかせてきた。

これまでずっと公然たるパンチの応酬を避け、ずる賢いごまかしをともなった話し合いでことを自分に有利に運ぼうとしてきた。たいていの場合は成功していることに、ある種の誇りすら感じていた。

かれはけっして自分自身に対しても他人に対しても、自分が臆病であると認めないだろう。

〈テケナーとダントンがほんとうになにができるのか、わたしは知らない〉と、かれは考える。〈ひょっとしたらかれらはプランすべてを見抜くことができるのだろうか？ひょっとしたらかれらは、措置を講じる前に、わたしの計略を見破るのだろうか？〉

かれは肘かけ椅子に背中をもたせかける。

この問題を話すことのできる者がいさえすれば！　しかし、かれには話せる相手がだれもいなかった。かれはほかのオファラーに心中を打ち明けることをしない。生命ゲームを妨害したいという考えは、それだけですでに神に対する冒瀆《ぼうとく》のようなものだ。〈ほかの者たちは、まるでテケナーとダントンが主宰者であることが、われわれの種族に対するとてつもない侮辱にはならないかのようにふるまっている。われわれオファラーが本来なにをしてきたのかを、だれも問わないように思える。全員が、まるで当然のように罰を受け入れている〉と、かれは考える。

端末のいくつかのキイを押すと、スクリーンのひとつが明るくなった。ロナルド・テケナーとサラアム・シインの姿がうつしだされると、かれは、触手に冷たく刺すような痛みが走るのを感じた。

〈わたしはおまえたちをたえず監視してやる〉と、かれは誓う。〈そして、おまえたちの楽しみをだいなしにしてやる〉

テラナーはなんて醜いのだろう！

創造がこのように不充分で異様な生物を生みだしたことは不思議だ。

〈そんな連中に、イジャルコルがゲームの構成をまかすことになるとは。理解できない！〉

キイク・トゥラアルはモニターのスイッチを切り、頭のなかでプラン全体をチェックする。

だいじょうぶだ。ミスはない。だれもこの計略を見破れないだろう。テラナーでさえも。自分は、かれらよりはるかに優れているはずではないか。

キイク・トゥラアルの触手がキイの上を滑る。たしかにかれは歌うことで命令を伝えることもできた。シントロニクスにはそれでも通じたはずだ。しかし、かれは、だれにもその内容を聞かれたくなかったのだ。

もちろん、自分はあのふたりより優れている。すべてのオファラーがそうだ。そこがまさに憤りの理由だ。

〈わたしがふたりよりすぐれていると確信できさえすれば、憤る理由もなくなる〉かれは頭にたたきこんだ。〈ここが肝心要《かなめ》の要点だ。われわれオファラーは数千年を数える伝統をたんにかれらにだましとられるだけではなく、あらゆる観点でわれわれより劣る生物に屈服しなければならなくなる〉

かれは全プログラムを入力し、最後にもう一度、すべてが正しくできているかどうかをチェックした。それから、決定的な命令をあたえた。これで、ゲームが破局のうちに終わることは確実だ。

3

トオモアン・タアアンはインパルスが脚に撃ちこまれたとき、怒りの叫び声をあげた。ケエエン・チャアエルは憤慨し、枷《かせ》をつけられたからだでもがいた。かれもすでに肉体的苦痛をいくつかくわえられ、それに耐えていた。しかし、かれはトオモアン・タアアンほど痛みに敏感ではない。彼女が苦しんでいるのを見るのがつらかった。

「やめるんだ」轟《とどろ》くようなバスで歌う。「もうたくさんだ」

「ということは、話す気になったのだな？」尋問をおこなっているソム人の将校がいう。かれは笑いながら、おのれの言葉を訂正する。「いや、歌う気になったのだな？」

「こんなおろか者には答えなくていいわ」トオモアン・タアアンが興奮していう。「どんなまちがいをおかしているのか、まるでわかろうとしていないんだもの」

ケエエン・チャアエルは拷問台に沈みこむ。絡み合った軽金属の棒でかこわれている。自在に動くことのできる多数のケーブルから、さまざまな強さの拷問インパルスが出ているが、望む以上のことをかれにいわせることはできなかった。

四名のソム人と球形ロボット一体が部屋にいた。とはいえ、かれらの質問はさして重要でない範囲のものだった。

〈こいつらは秘密結社に関してはなにも知らないのだ〉ケエエン・チャアエルは勝ち誇ったように考える。〈そして、なにも知らないままだろう〉

かれはひそかに交互にさまざまな触手を緊張させる。すると突然、以前より動かせるようになった。

「核心に触れよう」尋問するソム人がいう。かれはスタムレイドという名前で、気が短いようだ。おちつきなく、ふたりの捕虜の前を行ったりきたりする。「なぜおまえたちがパイリアへきたのか、まだ明らかになっていない。が、そのようなことができたのは、おまえたちがあらわれた紋章の門に、おまえたちが影響をあたえたからだとしか考えられない」

ケエエン・チャアエルは平静をたもつのに苦労する。大声で歌えればいちばんいいのだが。枷のひとつがはずれた。いまや触手のような腕の一本が自由になった。それをひそかに次へずらし、そこで枷を探る。それも容易に開けることができた。

「あなたはわたしがこれまでに接したもっともおろかな鳥型生物だわ」トオモアン・タアアンが吼《ほ》える。「わたしの前で踊りまわり、鶏舎《けいしゃ》の運動場で追いたてられた雄鶏《おんどり》のように羽をばたつかせて、ばかなことをぺちゃくちゃしゃべっている。自分自身の考えに目がくらんでいるのよ」

はげしいインパルスが彼女をさえぎった。非常にはげしいインパルスだったので、彼女は数秒間しゃべることができなかった。しかし、それから彼女はスタムレイドにきつく攻めかかった。

「ええ、わかっていますとも。みんながあなたを見誤っている。あなたは実際、みんながひれ伏すべき偉大な指導者よ。でも、あなたがあなたのそのちっぽけな脳みそのスイッチを入れるまでは、だれも、あなたを高く評価しないわ。それとも、あなたにはまったく脳みそなんてないのかしら？」

「われわれ、彼女にＤＣＶを注射する」スタムレイドがいい、悪意に燃える目で彼女を見る。「注射をすれば彼女はさらにおしゃべりになるだろう。それも、われわれの意にかなうかたちでな」

「それはなんなの？」トオモアン・タアアンが訊く。

「われわれは収縮薬と呼んでいる」ソム人は答える。「薬はおまえに、おまえのもっとも内奥にある思考を解放することを強いる。おまえはただただ話しつづけるだろう――最期を迎えるまで」

「わたしを殺すつもり？」

「最後にはおまえの脳は収縮する。突然すべての水分を奪いとられた植物のようにくずおれるだろう。しかし、そのときには、生命ゲームが破局におちいるのを阻止するために知る必要のあるすべてを、われわれは知っているだろう」

「そんなことしないで」トオモアン・タアアンが歌う。

ケエン・チャアエルは気づかれずにすでに四つめの枷をはずしていた。あと両脚と触手二本を解放しさえすればいい。しかし、そのことはもう問題ではない。重要なことは、ロボットとソム人に気づかれないことだ。

「かならずしもそこまでやる必要があるわけではない」と、ソム人はいう。一方、ロボットは高圧注射器を携えて捕虜に近づいている。「おまえが、われわれにほんとうのことをいってくれさえすればいいのだ」

「隠してることなんてなにもない、そうくりかえすことしかできないわ」と、トオモアン・タアアンはきっぱりという。

「ナックになにがあった？」と、将校が訊く。

トオモアン・タアアンはごくごくかすかに、身をすくめた。ほとんどだれもこのアクションに気づいていないだろう。だが、スタムレイドは見逃さなかった。かれはただちにたしかめる。

「ナックになにがあった？　おまえたちはかれらに影響をあたえた。そうだ、そうにちがいない。ナックは紋章の門を制御している、そして、おまえたちは惑星ソムとその衛星イジャルコルに行きたくなかったので、ナックをおまえたちのプシオン性の歌で攻撃した。その結果、門が誤って操作された。そうだろう？」

「なんて利口なの！」トオモアン・タアアンは嘲笑する。しかし、彼女はもはや以前のように冷静にしてはいられなかった。

いずれにせよトオモアン・タアアンが守りたいと思って慎重に秘匿《ひとく》していた秘密にスタムレイドは手をかけたのだ。

「彼女に注射をしろ！」と、将校が命じる。「核心をついているのはわかっている」

トオモアン・タアアンはぎょっとして棒立ちになり、乱暴に枷を引っぱった。そのとき、ケエエン・チャアエルが跳びあがり、すべての枷をはらいおとすのが見えた。若者が突進してきて、ソム人が反応するより早く、彼女の触手からふたつの締め具をはずした。そのとき、球形のロボットが攻撃してきた。ロボットは胴体部から、鋭い鉤がついたテレスコープ状の腕をくりだす。

ケエエン・チャアエルは跳びすさってスタムレイドに跳びかかり、絡み合うように床に押し倒した。ソム人は驚愕とショックで甲高い悲鳴をあげた。一方チャアエルは、怒りをまるごと反映したごろごろと響く重低音を発した。

チャアエルは、ほかのソム人たちやロボットにはまるで無関心のように思われた。かれらがチャアエルのがっしりした脚をつかみ、スタムレイドから引きはがそうとしたとき、かれはかれらのほうを一度も振りかえらなかったからだ。

トオモアン・タアアンは理解する。

〈おちびちゃんは、わたしから気をそらそうとしているんだわ〉と、彼女の頭にひらめいた。〈だからあんなに吼えているのよ。でも、あんなに足をばたつかせてはいけない。あれは見苦しいし、まるでセクシーじゃない。わたしたち、ここから脱出したら、かれにそのことをいってやらなければ〉

触手の二本が自由になったので、彼女はすみやかにほかの枷を解くことができた。彼女が跳びあがったとき、ソム人たちが全力で引っぱり、ロボットが鉗子《かんし》で力をこめてはさんでいるにもかかわらず、まだケエエン・チャアエルをスタムレイドから引きはなすことができないでいた。

「なんたるおろか者たちかしら！」トオモアン・タアアンが歌う。「あなたたち全員、低脳クラブに送られることになるわよ」

トリルで歌う快い調べで、彼女は上機嫌をあらわす。ソム人たちが驚いて振り向く。ケエエン・チャアエルはそのチャンスをとらえ、かれらを力いっぱい蹴とばしたので、かれらは部屋をよろよろところがるように横切っていった。かれらは不安で大きく見開かれた目で、トオモアン・タアアンがスタムレイドの携帯火器を手にしているのを見る。将校は尋問をはじめるさいに、それをちいさな戸棚に入れておいたのだが、戸棚は完全には閉じられていなかったのだ。

ケエエン・チャアエルはケーブルのいくつかをロボットの球形のからだの上方に投げ、レバーを下に引っぱった。エレクトロン放電がマシンを痙攣《けいれん》させ、そのシントロニクスを破壊した。短足が折れ曲がり、部屋を数メートル転がって、壁に衝突した。

「友人からの情報が必要なんだ」ケエエン・チャアエルはいい、危険な薬の高圧注射器を持ちあげる。「即効性のある注射をすれば、もちろんずっと早く手に入るだろうな」

「やめろ。それはだめだ」スタムレイドは泣く。かれは床にひざまずき、懇願するように両手をあげる。頭をうなだれ、同時にそれを横に向ける。それは服従のしぐさで、両オファラーにとっても誤解のしようがなかった。

「なんたる臆病者！」ケエエン・チャアエルが楽しそうにさえずる。「かれらは武器を手にしてないと腑抜けだね」

かれはソム人たちを拷問台に押しやり、枷をはめた。そのさい、けがをさせたり、よけいな苦痛をあたえないようにした。かれらに追跡されないようにしたいだけなのだから。

オファラーはたいていの場合は平和的な種族だ。たったいましなければならなかったような戦いは、かれらにとってはなじみがなく、これ以上ひどいことにならなかったことをよろこんでいる。

「で、これからどうします?」ケエエン・チャアエルがたずねた。

「ずらかりましょう、わたしのいとしい者」彼女は、明るいフルート音で答える。「それとも、あなた、わたしを誘惑するつもり? だったら、もちろん、もうすこしここにいてもいいわよ」

かれは笑う。

「あなたはいつもばかなことしか考えていないんだね」

「お黙り!」

かれはドアへと急ぐ。

「あとで、なかよくしようね」かれはそういってかわしたが、ひどく動揺していた。彼女が、ほんとうはどういう意味でいったのかわからなかったから。自分をからかっているだけなのだろうか? それとも、ほんとうに愛し合うつもりなのだろうか? かれには想像もつかなかった。

「あなたはわたしに魅力を感じていないようね、おちびちゃん」触手をコケティッシュにねじりながらささやく。

「いいえ、とんでもない」かれは歌う。「でも、わたしは、女性に近づくのを、だれかに見られたくないんだ。しかも、ソム人なんかに」

「あなたのいうとおりね。いかがわしい鳥たちをこれ以上楽しませちゃいけないわ」彼女の声は最高音から最低音にまでさがった。彼女は触手でスタムレイドに力強い一撃を食らわすと、もどかしげに待っているケエエン・チャアエルのところに急いだ。

彼女はドアを開け、さっと通廊に出る。そして、先にたって急ぐ。かれが一度先にたとうとしたとき、彼女は決然とかれを押しもどした。かれを危険にさらしたくなかったのだ。それにどこへ向かうかを自分で決めたいし、つねにイニシアチブを保持しておきたかったから。

かれは、彼女に逆らっても意味がないとわかっていた。彼女はあまりにも強すぎる。

彼女はちいさな太い脚で先を走る。横に分岐した通廊から突然一ソム人があらわれたが、あっさりと突き倒した。

「かれの後頭部に一発食らわしておいて」と、彼女は満足げにフルートのような声を出す。「そうすれば、しばらくのあいだ、かれを夢の国に送ることができるから」

ケエエン・チャアエルはいわれたとおりに、殴りかかった。ソム人はうめき声をあげて伸び、意識を失って床に横たわった。

「よくやったわ」と、彼女は褒《ほ》める。「でも、あまり楽しまないでくれるとうれしいんだけど」

「まったく楽しんでなんかいない」かれは断言する。「ソム人を歌で無害にするほうがずっと好きだ」

「わたしにとってもよ」

「しかし、そのためには、十名は必要だね。すくなくとも」

「十名の女よ」

「どうして十名の女？」かれは唖然として彼女を見つめる。「どっちでもよくないか。重要なのは、十名の歌手ということだから」

「いつだって女のほうがいいのよ、おちびちゃん。あなたが大きくなれば、わかることよ」

斜路に出た。そこから建物の出入口を見ることができた。そこではふたりの武装したソム人が見張りをしている。

「もうわたしたちの平和的なやり方じゃあ通用しないかもしれないわね」トオモアン・タアアンが低い声で口ずさむ。「あのふたりはわたしたちにとって面倒なことになりそうね。気づかれずにかれらのそばを通り抜けることなんてできないから」

ケエエン・チャアエルはふたりの見張りをなんとか不意討ちできないかと考えたが、うまい方法が見つからなかった。

「走っていってかれらを突き倒すしかない」かれはついに歌う。「待てば待つほど、われわれにとって状況は悪くなるから」

トオモアン・タアアンは、それには答えず、さっさと走りはじめた。たいして行かないうちに、ふたりのソム人に気づかれた。かれらは振りかえり、武器に手を伸ばした。しかし、その反応はとてもすばやいとはいえない。両オファラーは突進した。ソム人の手から武器を奪い、床に投げる。それから、戸外に逃げ、一グライダーに跳び乗ると、スタートさせた。

操縦を引き受けたのもトオモアン・タアアンだった。彼女はマシンを林道に導き、木々の梢《こずえ》の上からあたりが見わたせるようになるまで、ゆっくりと上昇させる。それから、ふたたび下降させた。

「わたしが思っていたとおり、このあたりにはこの種の飛翔体がうようよいるわね。そして、すべてにソム人が乗っている」

彼女はちいさな間伐地《かんばつち》に着陸し、外に出た。ケエエン・チャアエルがつづいて降りると、彼女はグライダーの自動操縦のスイッチを入れ、惑星の北へと飛ばした。マシンは上昇し、急速に遠ざかっていく。

「歩くほうが安全だと考えているの？」と、ケエエン・チャアエルがたずねる。

トオモアン・タアアンは聞いていなかったのかもしれない。

「さ、いまからはほんとうのことをいってちょうだいね！」と、彼女は要求する。「あなたはナックとどんな関係があるの？」

ケエエン・チャアエルは非常に驚き、言葉が出てこない。

「どうしたの？　なぜ、答えないの？」と、トオモアン・タアアン。

「なぜそんなことを？」ケエエン・チャアエルは不安定な声で歌う。

「わたしはあなたを観察していたの」彼女は説明する。「ソム人がナックのことを質問したときに、あなたがどう反応するか見ていたのよ。どう？」

「あなただって身をすくませていた」と、ケエエン・チャアエルがいきりたつ。「あの質問にはあなただってちょっとうろたえていたじゃないか」

トオモアン・タアアンは明るいフルート音で答え、七度音程あがったところでクライマックスがくる。

「北極星が地平線に沈む」彼女はつけくわえる。

「イジャルコルの栄光のために」ケエエン・チャアエルは応じた。

＊

キイク・トゥウラアルは衛星キュリオの辺鄙《へんぴ》な場所でサラアム・シインとロワ・ダントンのあとを追った。すぐに苦労が報われたとわかる。ふたりは小型宇宙船に乗りこみ、ただちにスタートし、高速で遠ざかっていったのだ。

たったいま衛星の地下深くにあるかれの居住領域にもどったところだ。かれはここ、快適な重力と調和のとれた音に気分をかきたてるような響きで反応する素材にかこまれた人工的な世界に身をおき、気持ちがいい。

多数のオファラーに遭遇したが、そのなかの数名はよく知っていた。かれらに心中を打ち明けることもできたろうが、そうしなかった。その者がたまたま、秘密を自分だけの胸にしまっておくことのできない者かもしれないと恐れたからだ。

かれはロナルド・テケナー、ロワ・ダントン、サラアム・シインをいたるところで見張り、ほとんどつねに聞き耳をたてていた。それで、使者がかれらのところにきて、十五万名ずつのオファラーがパイリアとロムボクに連れていかれたと知らせるのを目撃したのだった。

かれは、ロワ・ダントンとロナルド・テケナーの反応を確認できなくて残念だった。かれらがこの知らせを受けてどう感じたのかを見きわめられなかった。サラアム・シインはよりにもよってこの瞬間に、かれから見えるところにいなかったし、これに対して意見も述べなかった。

〈わたしはこの醜いテラナーの身振りや表情がよくわからない〉かれは腹立たしげに考える。〈だから、ほとんどなにも認識できない〉

生物のボディランゲージに訴える力がどれほどあるかを、これまではそれほど意識していなかった。

かれは住まいにもどり、しずかに考えた。それから、いくつかのインターカム会話をし、ライニシュがキュリオに滞在していることを知った。

〈かれと話をしなければならない〉と、ひとりごつ。〈わたしが発見したことをかれに報告しなければ〉

かれは、さまざまな噂のあるパーミット保持者を恐れている。侏儒のガヴロン人はかれにとって……どう分類したらいいのかわからないので……不気味だ。かれは、ライニシュが生命ゲームにおいていかなる役割をになっているのか知らない。

たったひとつたしかなことは、ライニシュにはイジャルコルに対する絶対的な忠誠心があるということだ。

すぐにライニシュと連絡をとろうと考えたが、盗聴されているかもしれないと恐れ、断念する。かれは住まいをはなれ、搬送ベルト、高速鉄道、リフトのような種々のテクノロジー設備を使って衛星キュリオの地下施設を横断する。こうしてついに、ライニシュが住居をしつらえている領域にやってきた。かれは、さらなる侵入を妨げる、あるいは不可能にする監視員かロボットと遭遇するものと予想していた。しかし、パーミット保持者はそのような安全対策に重きを置いていないようだった。キイク・トゥラアルは、これといった障害にあうこともなく、ライニシュの住居の前に着いた。

突然、侏儒のガヴロン人の声が聞こえてきた。かれにとっては不快な響きだ。それはメロディもなく、オファラーの耳がもとめるリズムもなかった。

しりごみし、キイク・トゥラアルは立ちどまる。どうすべきかわからなかった。一方では好奇心があり、ライニシュがだれとなにを話しているのかを知りたい。他方では、だれかに不意をつかれ、問い詰められるのではないかと恐れていた。

好奇心が勝った。

かれは先に進む。慎重に一歩一歩進むと、ついにはカーテンの隙間から部屋のなかが見えてくる。なかではライニシュがスクリーンの前にすわっていた。かれは、床から数センチメートル宙に浮かんだクッションのきいた皿状のもののなかでくつろいでいる。

スクリーンには、さりげなく柱によりかかっているガヴロン人女性がうつっていた。からだを柔らかくつつむ絹のような素材でできた軽《かろ》やかなブラウスとズボンのコンビネーションを着ていた。ブラウスは前開きで、胸のふくらみがよく見えた。彼女はこれでパーミット保持者に対してすくなからぬ効果を手に入れていると、キイク・トゥラアルは推測する。パーミット保持者は皿状のもののなかでおちつきなくあちこちからだを滑らせていた。

「十五万名のオファラーがパイリアに、もう十五万名はロムボクに」女は説明している。「あなたはこれで満足でしょう。わたしはナックと話し合った。それで、かれらは門をブロックした。もうこれでオファラーはけっしてゲームにまにあうようにもどってくることはできないわね」

「よくやった、アイスクシクサ」と、ライニシュは褒める。「きみはあてにできるとわかっていたよ」

「これでゲームが計画どおりに開催できないのは確実よ」彼女はつづける。「三十万名の歌手が欠ければ、システム全体が機能しないもの」

「とても感謝している。どれほど感謝しているか、きみにしめせるとよいのだが」と、ライニシュ。彼女は別れを告げるために挨拶しながら手をあげた。スクリーンが消える。キイク・トゥラアルは硬直したようにカーテンの背後に立っていた。かれは聞き違いをしたと思った。

ライニシュが裏切り者！

オファラーは触手を絡み合わせ、頭の上へ置き、かれの感覚器官をすくなくとも数秒完全に遮蔽《しゃへい》した。

まさか永遠の戦士イジャルコルにほかの者以上に忠誠がもとめられるパーミット保持者が、生命ゲームを妨害しようとしているとは。

〈なにを動揺している？〉自分のものとは思われないような声がかれのなかでたずねる。〈ライニシュはまさにおまえがやっていることをやっている。それだけのことではないか。ただ、動機はちがうかもしれないが〉

かれは無意識に数歩あとずさりした。

ライニシュが生命ゲームを妨害、あるいは完全に不可能にしようとしていることは、かれがイジャルコルを裏切っているという証明にはならない。ひょっとしたらかれは、ぜんぶで三十万のオファラーをイジャルコルに対する忠誠心からほかの惑星に送ったのかもしれないじゃないか？　それに、ロワ・ダントンとロナルド・テケナーのゲーム主宰者としての信用を失わせるためだけに、ライニシュはそうしたのかもしれない。

〈イジャルコルの栄光のためにおこなわれたのだ〉と、キイク・トゥラアルは完全に確信して考える。〈数日後にはもどってくるはずの、われわれ全員に対する重要な知らせを持っているにちがいないイジャルコルに対する忠誠心から、やったことなのだ。ライニシュはかれの目を開かせ、だれが真の友なのかをイジャルコルにしめしたいのだ〉

かれは持てるすべての勇気を奮い起こし、ライニシュのいる部屋のなかに入っていく。

「ライニシュ、わたしがここに入ることをお許しください」キイク・トゥラアルは話をはじめる。「それというのも、あなたにとっての重要な情報があるのです」

ライニシュは電光石火で振りかえる。死ぬほど驚いたようだ。その瞬間オファラーは、ライニシュが武器をとり、自分を撃つのではないかと恐れた。しかし、かれは驚くほどすぐにおちついた。

「きみはだれだ、そしてなんの用だ？」と、ライニシュはたずねる。

キイク・トゥラアルは自己紹介し、自分の任務を説明した。

「よかろう」ライニシュはせっかちにいう。「おまえはゲームの組織で働いているのだな。で？」

「サラアム・シインとテラナーたちは、消えた三十万名の歌手がどこにいるのかを知っていると思います」

ライニシュはデスクまであとずさる。キイク・トゥラアルは、そこに携帯武器が置かれているのを見た。

「サラアム・シインとロワ・ダントンは宇宙船でキュリオをはなれました」かれは大急ぎでつづける。とても動揺し、もはや状況判断ができなくなっていた。キイクには、ライニシュがどんな反応をとってもおかしくないと思えたのだ。

「それはほんとうか？」と、パーミット保持者。

「この目で見ました。わたしはかれらのあとをつけ、かれらが宇宙船に乗り、スタートするのを見たのです」

「なぜ、それをわたしにいうのか？」ライニシュは武器を手にとり、かれに近づいてくる。侏儒のガヴロン人はオファラーとちょうど同じくらいの背丈だ。一メートル半ほどの男が目の前で立ちどまる。「さあ、さっさと説明しろ！」

キイク・トゥラアルはすべてを話そうと決心した。そうすることがぶじに切り抜ける唯一のチャンスだと思ったから。

「何千年も前からオファラーは生命ゲームの責任をになってきました。永遠の戦士イジャルコルの栄光のために働いてきました。しかし、いま、ふたりのテラナーが組織を自分たちのものにしようとしています。わたしはそれをおかしいと思っています。わたしはかれらが失敗することを望んでいます。それゆえ、しかるべき準備をしてきました」かれは何度か深呼吸し、勇気を奮い起こして、つけくわえた。「つまり、わたしはあなたと同様のことをやっているのです」

ライニシュは武器をわきに置き、

「きみはわたしにきわめて重要な情報をもたらしてくれた」

「どうするつもりですか？」

「わたしは即刻パイリアに行かねばならない。ロワ・ダントンとサラアム・シインが歌手たちを連れもどす可能性があるなら、それを阻止しなければならない」

「紋章の門がブロックされているかぎり、かれらはそうすることはできません」

「それはわかっている。だが、イジャルコルは、なぜわれわれが門を開かなかったのかと、わたしにたずねるだろう」ライニシュはすこし行ったりきたりする。かれは、まるでひどい頭痛に苦しんでいるかのように、両手で頭をマッサージする。

「あなたは門を開くつもりですね？」キイク・トゥラアルは驚いてたずねる。「あなたは封鎖を解くつもりですね？」

「ほかに選択肢がない」

「しかし、そんなことをすれば三十万名の歌手がまにあうようにもどってきてしまいます」

ライニシュは振り向いた。悪魔的な笑みを浮かべている。

「かれらが門を通ったからといって、目的地に着くとだれがいっている？　われわれ、門がふたたび操作されるよう手配しなければならない。三十万名の歌手は消えねばならない」

「あなたはかれらを……虚無に送るつもりですね？」キイク・トゥラアルが驚いて歌う。

「あなたはかれらを殺すつもりなのですね？」

ライニシュは笑う。

「もちろん、ちがう！　だが、かれらがもはやゲームにまにあうようにはもどってこられないところに送ることはできる」

4

「つまり」と、トオモアン・タアアンはいう。「イジャルコルの栄光のために！　あなたは結社に属しているのね」

「あなたもだ」と、ケエエン・チャアエル。「もしあなたがナックに関するソム人の問いに対して、あのような独特の反応をしめしていなければ、わたしはけっしてそうは思わなかった」

「それは容易に推測がつくでしょ」

「なにを？」

「わたしのような経験豊かな女が結社に属していることよ。でも、あなたのような者の場合は、ほんと、不思議ね」

「無礼だよ」

トオモアン・タアアンは鈴のように明るい一連の音を出して、ふざけただけだとわからせた。

「まじめに話し合いましょう」彼女は提案し、触手の一本でかれを抱く。「第一に、わたしたち、すみやかにこのあたりから姿を消す必要があるわ。第二に、ソム人がよりにもよって大勢のなかからわたしたちを選んだのは、あながちまちがいではなかったということを、はっきり認識しておくべきね。わたしたち、この事態を変えることが可能だし、それこそがわたしたちのやるべきことだから」

　ふたりのオファラーは森の奥深くに逃げこんだ。しかし、紋章の門の方向に進むのはむずかしくなかった。門は空高くにそびえていて、森がすこし開けたところにくれば、かならず見えた。

　トオモアン・タアアンとケエエン・チャアエルはさかんにしゃべった。ふたりはまず事実をしっかり確認する必要があった。その事実とは、ふたりが〝無重力の太陽〟という秘密結社に属しているということだった。この結社の目的は、イジャルコルが支配する宇宙の領域でより大きな影響力を行使し、そしてとりわけ、かれらが大いなる共感をいだいているナックの秘密を無条件に解明することであった。とりわけ最近、ふたりのテラナーの介入でオファラーの影響力が劇的に低下したことと、ナックの存在が病気の蔓延によって危険にさらされているという事態を知ったことで、結社はとくに困難な状況に置かれていた。

　昔からオファラーのあいだには、結社や秘密同盟があった。それらはしばしば、オファラー種族の政府が対外的な政策を実施するための有効な手段として利用されていた。実際、ゲームの企画運営がオファラーの手からとりあげられたことは、オファラーの心に深い傷をのこしたのはまちがいないが、このことについて、公的機関のどこもいまのところあえて抗議しようとしていなかった。

「そして、わたしたち以外はだれも、ナックのことを気にしていないわ」トオモアン・タアアンは歌う。「どんな種族にも……その規模がどれほど大きかろうと……いつかは危機が訪れる。わたしたちのところで暮らしているナックの数はわずかだから、もし、かれらに健康上の危機が訪れれば、潰滅的な結果になる可能性があるわ」

「〝わたしたちのところ〟という言葉を、妙に強調するんだね」ケエエン・チャアエルが応じる。「どうして？」

「ほかのメンバー同様、ナックはわたしたちとはまったく異なる宇宙の領域からきたと考えているからよ。だれもかれらの新陳代謝がどうなっているのか知らない。かれらにほんとうに心的あるいは肉体的危機が訪れたら……たとえばわたしたちにとっては無害でも、かれらにとってはきわめて危険なウイルスに感染したら……かれらを助けることができる者はここにはだれもいないでしょうね」

ケエエン・チャアエルは彼女を岩陰に引き入れ、近づいてくるグライダーに彼女の注意を向けた。ふたりのオファラーは、マシンが通りすぎていくまで、岩陰に身をひそめていた。

「どうやらわたしたちを探しているわけではないわね」トオモアン・タアアンは確認するようにいう。「すくなくとも個体走査器は使っていない。使ってたら、わたしたち、とっくに捕まっているはずだから」

すでに薄暗くなっていたというのに、かれらは先を急いだ。先を急ぐよりもねぐらを探すほうが賢明だろうに。すっかり遅くなってからようやく、かれらはそのことに気づいた。急に真っ暗になり、ほとんどなにも見えなくなった。手探り状態でどうにか前進する。やがてちいさな洞窟が見つかった。なかに入りこむ。このちょっとした避難場所が見つけられてよかった。直後に土砂《どしゃぶ》降りの雨が降りはじめたのだ。

「わたしたち、すっかりずぶ濡れね」彼女は歌う。「やれやれ、森のなかで若い男とふたりっきり。おまけにこのいまいましい雨で惨めな気持ちにさせられたわ。でも、あなた、わたしをすっかりその気にさせることができたわよ」

「眠りたいんだ」ケエエン・チャアエルは答え、地べたでからだをまるめる。

「ほんと、そういうところも、まさしく〝無重力の太陽の騎士団〟ね！」トオモアン・タアアンはため息をついた。

＊

「きみと話をしなければならない」ライニシュは、オフィスでアシスタントたちと仕事をしているロナルド・テケナーにいう。「そして、サラアム・シインを呼んだほうがいい。かれにも話したいことがある」

ロナルド・テケナーは侏儒のガヴロン人を驚かせるような笑みを浮かべた。「なにが問題なのか、わたしが聞けば充分だ」と、テケナー。「そうすれば、わたしがすべての情報をほかの者たちにも伝えることができる」

「サラアム・シインはどこにいるんだ？」

テラナーはスツールにすわり、ライニシュを品定めするように見る。ガヴロン人がなにを知っているのか、かれにはわからない。ロワとオファラーの歌の師が衛星キュリオをはなれ、パイリアへ飛んだことをすでに知っているのだろうか？

「かれは組織のことにとりくんでいる」テケナーは曖昧《あいまい》に答える。

侏儒のガヴロン人は顔をゆがめ、

「そうは思えない」と、甲高い声でいう。「わたしは、かれは裏切り者だと確信している。かれだけではなく、きみやほかのもうひとりのテラナーも同様に」

銀河ギャンブラーはこの弾劾に対して、平然として、

「ほほう、なんであれ確信があるとはすごいこと」と、皮肉るようにいう。「もうすこし正確に表現してもらえまいか？　わたしにはきみがなんのことをいっているのかまる

で見当もつかない」

「おや、ほんとうに？」ライニシュは両手を肘かけ椅子に置く。一瞬、すわろうとしているのかと思われた。それから、かれは、テケナーに背を向け、自分には高すぎ、また大きすぎる肘かけ椅子に苦労してよじ登ったりしたら、あまりにも尊厳に欠けることに気づいたようだ。かれはなかば横を向き、椅子にもたれかかった。

「わたしはサラアム・シインとロワ・ダントンがこの衛星をはなれ、宇宙船で飛び去ったと聞いた」

「まったくそのとおりだ」テケナーは認めた。「きみも知るように、目下のところ、このイジャルコルにはオファルの合唱団が百万名しかいない。生命ゲームにはすくなすぎる。三十万名の歌手が未着だ。どこかでテクノロジー的な故障があったのか、あるいは何者かが紋章の門を操作し、その結果、三十万名の歌手はいまどこかで足どめされ、シオム星系にくることができないのか。その場合、ひとつあるいは複数の門が遮断されていると考えるしか、この状況を説明できない。サラアム・シインとロワ・ダントンは、行方不明者の居場所をつきとめ、封鎖を解除するために出かけたのだ」

テケナーはライニシュを眼光鋭く見つめた。この出来ごとと妨害の責任がライニシュにあると見ているのは、その態度から明らかだ。

「で、かれらはどこを探しているんだ？」侏儒のガヴロン人がたずねる。

「さあ、どこだろうね」と、テラナーははねつける。

「わたしはそれを知る必要がある」

「なぜ？」

「なんという質問！」ライニシュは憤慨する。「生命ゲームはイジャルコルの栄光のために開催される。もし失敗するようなことがあった場合、それに対して一片の嫌疑もかけられたくない」

〝スマイラー〟はまたもやかれに特徴的なやり方で笑った。ライニシュは青ざめた。この瞬間、以前にもまして、このテケナーにかかっては歯がたたないということに気づいたのかもしれない。

「わたしはきみを信用しない」かれはこわばった声でいう。

「おたがいさまだ」と、テラナーは応じる。

侏儒のガヴロン人は挨拶もせず、踵《きびす》を返し、急いで出ていった。

キイク・トゥラアルの訪問が引き金になって不安になったとすれば、かれはいまや極度に不安な状態にある。

かれにしてみれば、テケナー、ダントン、サラアム・シインが、行方不明の歌手たちがどこにいるのかをこんなに早く見つけだしたことが不可解である。かれの陰謀は入念に計画し、準備されたものだ。予測せぬ出来事があることなど許されない。

そしていまや、ロワ・ダントンとオファラーはパイリアとロムボクの紋章の門の遮断を終わらせるために、衛星キュリオをはなれている。

ライニシュは、両テラナーとオファラーがすぐれた組織を持っているにちがいないと認識する。かれらが派遣したエージェントは、数時間で行方不明の歌手たちを見つけだすのに成功したのだ。ほとんど信じがたい仕事だ。

通廊に出ると、ふたりのガヴロン人と七名のオファラーがかれに向かって歩いてきた。ライニシュはふたりのガヴロン人のうちのひとりを知っていた。

「なにかあったのか、トゥラシュ？」かれはたずねる。「わたしが知っておかねばならないなにかがあるのか？」

「わたしには、どこから来た情報なのか、あるいは真剣に受けとる必要のないただの噂にすぎないのか、わかりませんが」

「なんのことをいっているんだ？」侏儒のガヴロン人は不機嫌にたずねる。

「もうあすにはイジャルコルがここに到着するそうです」と、トゥラシュが答える。

ライニシュは驚愕する。

これまでかれは自分に非常に自信があった。だれもかれの陰謀を証明できないという確信があった。しかし、いまや、かれのプランはもろさをしめしている。ひょっとしたらロワ・ダントンとサラアム・シインはすべてを暴《あば》いてしまうかもしれない。おまけに、イジャルコルも思っていた以上に早くもどってきそうだ。

「サラアム・シインはどこにいるんだ?」かれはオファラーたちにたずねる。「さっさというんだ! とても急を要する」

「われわれ、それをいうことはできません」歌手たちは合唱する。

「おまえたちの歌の師がどこにいるのか、おまえたちは知っているはずだ。おまえたちに手がかりをあたえずに、かれがおまえたちのところから去ったなどとはいわさないぞ」

「われわれもかれを探したが、見つからなかったのです」かれらは歌い、さらなる説明をはじめる。しかし、かれはそれをさえぎり、先を急ぐ。

〈わたしにはほかの選択肢はない〉と、かれは考える。〈ダントンと歌の師がどこにいようと同じこと。パイリアにいるのかロムボクにいるのか。そのふたつが決定的な場所だから。かれらがそこにいなければ、わたしはなにも心配する必要がない。しかし、かれらはふたつの惑星のどちらかにいるだろう。そして、わたしがより早くかれらのあとを追えば追うほどいい〉

かれは自分の部屋にもどり、凪《なぎ》ゾーンでも行動できるエルファード人を宇宙船ともども呼びよせる。一時間後、かれはパイリアへ向かっていた。

トオモアン・タアアンとケエエン・チャアエルが森から出てきたとき、恒星は地平線の上でまだ淡紅色に輝いていた。テラナー門から遠くないところにあるソム人の町を丘陵から見ることができた。

町の前で十五万名のオファラーが宿営地をととのえていた。町を半円状にとりまいている。多くのきわめて簡素な建物ができていた。

「指揮する者がいないようね」トオモアン・タアアンが批判的にいう。「だれも秩序のことを配慮していない。わたしたちがここにくる原因をつくった者さえ、わたしたちのことを気にかけていないみたい」

「あなたのいうとおりだ」ケエエン・チャアエルは同意する。「少数の者たちが宿舎を建てた。だけど、ほとんどの者は、この惑星をすぐに去るものと信じているみたいだね。だから、長期的な滞在にそなえる者は少数ということ」

「そして、ほとんどの宿舎が雨のなかに沈みかけている」トオモアン・タアアンがつけくわえる。「ひどいものね。宿営地全体が長くのびた窪地にあるんだから。

夜のあいだに、雨水が四方八方から流れこみ、宿営地をぬかるみに変えたのよ。ほんとに、あそこにいる人たちの正気を疑っちゃうわ」

＊

彼女がいったことはけっして誇張ではなかった。明らかにオファラーのだれも指揮権など持っていないし、町のソム人のだれひとりとして招かれざる客のことを気にかけていなかったので、悪天候の結果はひどいものだった。それでも、いまようやく何名かの歌手が町の周囲からいくつかある高台へと移動をはじめている。

「ソム人には、われわれが平和的であることを感謝してもらわなくては」ケエエン・チャアエルがコメントする。「ガヴロン人だったら町の前で辛抱強くとどまっていなかったはず。町に侵入して、家々を占拠していただろうね」

両オファラーはゆっくりと宿営地に向かって歩く。数機のグライダーが町からあらわれ、宿営地の上を飛び去るのが見えた。どうやらソム人は、状況がどうなっているか把握しようとしているようだ。

あちこちの藪から多数のオファラーが出てきて、トオモアン・タアアンとケエエン・チャアエルに気づき、ふたりのほうに駆けよってきて、

「北極星が地平線に沈む」と、ひとりがいった。

「イジャルコルの栄光のために」と、彼女は応じて、グループの何名かをうれしそうに抱きしめる。彼女とこれらの男女は旧知の仲でかれらもまた結社のメンバーだった。

「あなたたちを見つけたかったのよ」彼女は全員と挨拶し、ケエエン・チャアエルを紹介したあとでいう。「わたしたち、行動を起こさなければ」

「なにをするつもりなのかね？」あらわれた男たちのひとりがたずねる。

「わたしたち、紋章の門に入り、封鎖を解除するようナックと連絡をとる必要があるの」トオモアン・タアアンは答える。「これ以上ここにとどまって、あやつられるのを許すわけにはいかないわ。でも、それが戦いなしには運ばないのではないかと心配なの。きっと、抵抗にあうでしょう、ひょっとしたらきわめてはげしい抵抗に。だからもっとメンバーが必要なの。多ければ、多いほどいいわ」

彼女はオファラーたちに、同志を探し、集合場所に連れてくるようもとめた。

「二時間後に会いましょう」彼女は力強い声で歌う。「そして、紋章の門に行くのよ」

トオモアン・タアアンは、オファラーの音楽言語が持つプシオン性要素の効果が発揮できるような、充分に大きなグループをつくれることを願う。そのためにはすくなくとも十名のオファラーが協働しなければならない。それができれば、プシオン性の歌がナックにとどき、影響をあたえることができる。

二時間後、二十名以上のオファラーの男女が、トオモアン・タアアンのまわりに集まった。恒星が雲のない空から照りつけ、雨でぬかるんだ地面を乾かし、木々の下では数万匹の蚊が舞っている。オファラーは蚊の群れに悩まされないように、森からはなれていた。

トオモアン・タアアンは出発の号令を出す。彼女がグループの先頭にたち、テラナー門に向かって行進していく。

「門からこんなにはなれるべきではなかったわ」と、彼女はいう。「でも門から出たときには、驚きすぎて適切な対応ができなかったのでしょうね」

ケエエン・チャアエルが彼女に、トラックの隊列がソム人の町から宿営地に入ったことを教える。

「食糧の配給品を持ってくることにしたようだ」と、ケエエン・チャアエル。かれはうめき声をあげながら、触手を腹にやる。「自分たちのからだの健康は、自分たちで守らなくちゃ。そのこと、実際に考えたことあるかい。おなかがすきすぎて、死んでしまいそうだ」

「典型的な男ね」彼女はかれをはねつける。「わたしたち、まさに宇宙的な意味を持つ出来ごとに直面しているというのに、あなたときたら、食べることしか考えてないのね」

彼女は力強くどんどん進んでいく。ケエエン・チャアエルはもう空腹については歌わなかった。やがて彼女が立ちどまり、歌う。「もちろんわたしもちょっとしたものなら食べられるわよ」

「がまんしてもらわないと」女たちのひとりが応える。「あたりを見まわしたけど、食べるのに適したものはなにも見つからなかったの。ここの森のキノコは、わたしたちにとってはぜんぶ有毒よ」

「ほかには？」彼女はたずねる。「なにかあるでしょう」

「いえ、なにも」

「このことも、客あしらいの悪いこの惑星を可及的すみやかに去らねばならないもうひとつの理由だな」ケエエン・チャアエルがため息をつく。「衛星イジャルコルではわれわれにすばらしい準備をしてくれていることを考えると、気分が悪くなるよ。あそこではわれわれ全員が快適で、たんに腹を満たすだけの食べ物ではなく、自国においてすら特別な場合にしか食べられないようなごちそうを提供してくれたろうに」

トオモアン・タアアンは立ちどまったまま、十五万名のオファラーでぎっしりの宿営地を振りかえって見る。かれらが最後になにかを摂取したのは、旅の出発地だろう。ひょっとしたらかれらの多くは、イジャルコルでのごちそうを楽しみにして、出発前の数時間はなにも食べなかったかもしれない。で、今後は？　かれらはこの惑星を去り、衛星イジャルコルあるいは故郷に連れていかれるにちがいない。あまりにむずかしい偶発的事象が起こらなければだが。トオモアン・タアアンは犠牲者が出るのではないかと恐れている。

〈それがだれであれ、わたしたちをここに連れてきた者は、そのことを考えていなかった〉彼女は考える。〈それだけでも、その者は罰せられて当然だわ〉

彼女は、空腹感を紛らわすため、思考を紋章の門に向け、目の前の課題に集中しようと試みる。そううまくはいかなかったが。

ケエエン・チャアエルが彼女に気持ちを打ち明ける。

「ソム人、あるいはほかのだれかが門を警護しているのではないかと恐れていた」と、かれは歌う。「でも、そうではなかった。奇妙だ。ちがいますか？」

「自信があるんでしょうね」と、彼女は答える。ためらいがちに彼女は門の出入口で立ちどまった。彼女は、いま見境なくナックに立ち向かうことに抵抗感があったのだ。まずかれらと話し合い、調整を試みたほうがいいのではなかろうか？

「なにを待っているんだい？」ケエエン・チャアエルがたずねた。「われわれにはむだにする時間なんてないんだぞ」

トオモアン・タアアンは気をとりなおす。

〈だれが門を操作したのかなんてどうでもいいじゃない？〉と、彼女は考える。〈イジャルコルの栄光のために歌うことができるよう、そのことだけ気にかければいいのよ。そうすれば、すべての問題はおのずから解決するはずだわ〉

「門マスターのもとへ」彼女は歌う。「集中するのよ。門マスターには、わたしたちが望むことをやってもらわねばならない！」

彼女はメロディを歌いはじめる。ほかのオファラーたちがくわわる。プシオン性衝撃波がつくられ、テラナー門に侵入する。

そのとき、一発の銃声がした。

ぴかりと輝く閃光がオファラーのグループに向かって走る。そして、一女オファラーに命中し、彼女は地面に倒れた。

たちまち、オファラーの歌声がやんだ。

5

サラアム・シインは反重力グライダーの飛行をとめた。テラナー門の出入口のところできらりと光ったのが見えたのだ。

「あそこでなにかが起きたな」隣りにすわるロワ・ダントンがいう。かれらは数分前に惑星パイリアにネットウォーカーの宇宙船で到着し、紋章の門までの最後の道程をグライダーで進んでいたのだった。「着陸!」

歌の師はためらう。三十名ほどのオファラーが紋章の門から逃げ、近くの町の方向へと急いでいるのが見えた。

「急いで!」テラナーはせきたてる。「われわれ、かれらと話をしなければならない」

ようやくサラアム・シインは反応した。かれはグライダーを下降させ、逃げている者たちを追いこす。そのさい、挨拶しながら触手の一本をあげる。この行為は相手を非常におちつかせる効果があった。かれらは逃走をやめ、岩を掩体《えんたい》にとって立ちどまった。

そこでかれらは、サラアム・シインとロワ・ダントンが着陸し、降りてくるのを待っている。

歌の師はおちつかせるメロディで挨拶を送り、自分がだれかみんながわかったと判断した。

「なにが起きたのだ？」と、かれはたずねる。

「撃たれました」トオモアン・タアアンが答える。「女がひとり殺されました。まだその向こうに横たわっています」

それから彼女は、自分たちが紋章の門でなにをしようとしていたかを説明した。

「門が遮断されています。わたしたち、生命ゲームに参加できるよう、それをふたたび開けたかったのです」

「それならここにいてもできる」サラアム・シインは驚くべき答えをした。「ゲームに参加するためにパイリアをはなれる必要はない」

「それはどういうことでしょう？」トオモアン・タアアンが歌う。彼女は動揺する。彼女は歌の師をかぎりなく信頼していた。そして、かれが恒久的葛藤の哲学の信奉者ではないとは思ってもみなかったのだ。彼女は、かれのイジャルコルへの忠誠心を疑ったことなどなかった。

「テラナー門が遮断されているかいないかは関係ない」サラアム・シインはつづける。「きみたちはパイリアにいて生命ゲームに参加するのだ。歌いなさい。そうすればきみたちのプシオン性の力は衛星イジャルコルにおいて効力を発揮する」

「なるほど！」トオモアン・タアアンは同意する。「わたしたち、むりにイジャルコルにいる必要はない。千名のオファラーがいっしょに歌えば、何光年はなれていても聞こえるのですね」

「ただ問題は、いつわれわれが歌いはじめたらいいかです」ケエン・チャアエルが遠慮がちに言葉をはさむ。

「それは、そのときがきたらすぐにわかる」サラアム・シインが説明する。「百万のオファラーが衛星イジャルコルで生命ゲームをかれらの歌声ではじめれば、一連の衝撃波は力強い振動として宇宙を滑走し、きみたちの感覚を鼓舞する。きみたちはそのインパルスを感じるやいなや、歌いはじめるのだ……きみたちにあたえられたすべての力で」

不思議そうにオファラーたちはかれを見つめる。かれらはこれまでも合唱したことがある。しかし、かれが語ったような衝撃波を感じたことなどなかった。かれは自分たちが知らない特別な出来ごとをほのめかしているのだろうか？　かれは帰ってくるイジャルコルの、さらには永遠の戦士の栄光のために、なにかびっくりするようなことを考えだしたのだろうか？

「わかりました」トオモアン・タアアンはすこし考えてから告げる。「あなたは、なにが正しくて、なにがイジャルコルの期待に添うことなのかをご存じなのでしょう」

「もうひとつ、ライニシュに関して話しておかなければならない」ロワ・ダントンがいう。「われわれの情報によれば、きみたちがここいること、そしてさらなる十五万名のオファラーがロムボクに送られたことの責任は、もっぱらかれにある。かれは生命ゲームを妨害するつもりなのだ」

「かれは裏切り者だ」サラアム・シインは主張する。

「ガヴロン人はやったことに対する代償を支払わねばなりません」トオモアン・タアアンはコメントする。「しかし、それはあとまわしにできることです。いまは、ひとつ重要なことがあります。わたしたち、このままパイリアにとどまるのなら、すぐにも必要なことがあるんです。わたしたちはちゃんとした世話を受け、まともに宿泊できるようにしてもらわねばなりません。しかし、あなたがたに実現できない要求ではないかと危惧しています。だから、わたしたちを衛星イジャルコルへ送ってくれるほうがかんたんじゃないでしょうか」

「門が遮断されているかぎり、そうはいかない」歌の師が答える。「われわれ、法典守護者ドクレドと話をしなければならない。門を開ける試みは、それがすんでからのことだ」

「わたしたちより動物のほうがましなあつかいを受けています」トオモアン・タアアンが怒る。「そして、ドクレドからはなんの助けも期待できません。かれは、わたしたちが意志に反してここに連れてこられたとは思っていないので、わたしたちを拷問にかけさせました」

「われわれがちゃんとやろう」ロワ・ダントンは約束する。

「それから、だれがわたしたちを撃ち、わたしたちの仲間を殺したのかを知りたい」トオモアン・タアアンは興奮して歌う。「この惑星では、わたしたちに対してなにをやっても罰せられないと思ってるみたいなんですもの」

「門からはなれていてくれ」ロワ・ダントンが勧める。「われわれ、きみたちのだれかがこれ以上撃たれるようなことにはなってもらいたくない」

*

法典守護者ドクレドはクジャクのように誇らしげに、サラアム・シインとロワ・ダントンの前を行ったりきたりする。ふたりの客人を町の南にある大きな家で迎えたあとで、パイリアでの出来ごとに関するすべての力がかれの両手にあることを、かれらにしめすことを狙っているように思われた。客人に一杯の清涼飲料水さえ提供しない。

「わたしはたったひとつのことしか望んでいない」サラアム・シインとロワ・ダントンがオファラーに対してもっとましな待遇をもとめたあとで、ドクレドは告げた。「それは歌手たちが可及的すみやかにここから姿を消すことだ。われわれ、かれらに驚かされた。われわれのだれひとりとして、かれらがここにくることを望んでいなかった。かれらはテラナー門から、あたかも客人として保護をもとめる要求権があるかのようにやってきた。われわれは十五万名のオファラーを世話し、宿泊させる準備などしていなかった。そのための収容能力を持っていない。しかも、かれらがここにとどまる理由を見いだすことができない。かれらは衛星イジャルコルに行くか、あるいはかれらの故郷に帰るべきだ。いずれにせよ、かれらがここでうろうろする理由はない」

「かれらはハトゥアタノのリーダーであるライニシュの陰謀で、パイリアに連れてこられた」ロワ・ダントンは、すでに述べたこと……それはドクレドにはこれといった印象をあたえなかったが……をくりかえした。「かれらに責任があるわけではない」

「では、なぜかれらはここから出ていかないのか?」法典守護者はたずねる。「かれらの居場所は衛星イジャルコルにある。そこでかれらは生命ゲームが大成功するよう尽力しなければならない」

「そのこともすでにわたしはあなたに説明した」と、テラナーは答える。「ナックがテラナー門を遮断しており、かれらがそうしつづけているかぎり、オファラーは旅立つことができないのだ」

「われわれは遮断が終わるよう手配するつもりだ」と、サラアム・シインは歌う。「それを実現できたらすぐにも、オファラーはここから出ていく。しかし、それまでは、かれらはここに宿泊させてもらわねばならないし、雨からも守られねばならないし、食べ物も支給されねばならない。それは、ちょっとしたよき意志でできることだ」

ソム人は威厳に満ちた動作で行ったりきたりする。ときおりかれの羽の生えた腕を伸ばし、あたかもそうやれば思考を速めることができるかのように揺さぶる。

「いいだろう」かれはついに譲歩する。「歌手が雨にさらされないよう、エネルギー性反撥フィールドをつくり、屋根として宿営地の上方に設置しよう。かれらが食事になにを必要としているか、オファラーに申告させてくれ。われわれ、かれらの希望がかなうよう努力しよう。しかし、数日間しか許容できない。テラナー門が開くやいなや、かれらは出ていかねばならない」

「かれらはそうする」と、ロワ・ダントンは答え、ドクレドの援助の申し出に礼をいう。これで、オファラーの困難はすくなくとも一時的にはとりのぞかれる。同じような話し合いを、サラアム・シインは、十五万のオファラーが漂着したもうひとつの惑星ロムボクでもおこなうことになる。

法典守護者は約束を守った。一時間もしないうちに、ロボットがエネルギー・フィールド・プロジェクターをつくりはじめた。さらにソム人は、オファラーが希望を伝えることのできるシントロニクスの情報スタンドを設置した。

ナックのファラガは姿を消していた。どこへ行ったのか、アイスクシクサは知らない。

彼女は武器をおろし、満足げに、オファラーたちが逃げるようすを観察する。彼女が撃った女は身じろぎもせず地面に横たわっていた。

〈自分自身の責任よ〉ガヴロン人はさげすむように考える。〈なんであの女、自分自身の安全も考えずに、このあたりを走りまわってたのかしら！〉

彼女は紋章の門の内部に引っこむ。反重力リフトで百メートルほど上がった部屋に行くと、そこでは、七名の同行者のひとりが彼女を待っていた。

「だいじょうぶだったかい？」かれは無邪気にたずねる。窓辺にすわって、テラナー門の下方の風景を描画フォリオにおさめていた。ヘンドロシュクは情熱的な図案家で、いつもモチーフを探していて、それに没頭すると、ほかのすべてのことを忘れてしまう。かれはすぐに人を信用するたちだし、いつも表面的な出来ごとにしか興味がないように思われる。

「だいじょうぶよ」彼女はむぞうさに答える。「下でくつろごうとしていた何名かの歌手を追っ払ってやった」

かれは笑い、そっちのほうをさししめして、

*

「かれらのことを責める気にはなれないな。あそこじゃ、まちがいなくくつろげそうにない」

「かれらはそれに甘んじなければならないわ」彼女は、宿営地に集まるオファラーに目もくれないでコメントする。「ほかのみんなはどこにいるの？」

「もっと上に。かれらは眠ってる」かれは彼女のほうを向き、ほれぼれしながら観察する。「もうきみにいったことがあったっけ？　きみは完璧なからだをしているって」

女はほほえみを浮かべてかれと向かい合ってすわる。足を組み、肘かけ椅子の背に頭をもたせかける。その結果、ブラウスが彼女のまるい胸の上でぴんと張りつめた。

「うれしいわ」かれから目をはなさずにささやくように答える。「とくに、あなたのような男性にいわれるのは」

かれは描画フォリオをわきに置き、彼女の肘かけ椅子の横にひざまずき、両手で彼女の腕をなでる。

「じゃまは入らないよ」

「そうね」かれが目的を達したと思いこむよう、かれの誘惑に負けてみようかと考えているようだった。しかし、それから、女は立ちあがり、かれから数歩はなれる。「怒らないでね、ヘンドロシュク、でも、いまはだめよ」

かれはあとを追い、彼女を引きよせる。そしてこんどは、彼女はかれからからだをはなさなかった。しかし、結局、女はかれをやさしく押しやる。かれの目は暗くなり、頬は赤くなる。かれのこめかみで血管がはげしく脈打っていた。女は、かれを手中におさめたとわかった。この男は、わたしがもとめることをするだろう。そうすることでわたしの愛を得られると望んでいるのだから。

「どうしてだめなんだ？」かれはかすれた声で訊く。

「わたしたち、わたしがさっき話した実験をはじめなければならないのよ」

「ほんとうにやるつもりなのか？」

「もちろんよ。目的を達しようと思うなら、ためらってはいけない。行動しなければね」

「これまでだれもそんなことをナックにやらなかった」

彼女は明るく澄んだ声で笑い、

「だから、わたしはやろうと決めたのよ、ヘンドロシュク！　いまこそ、だれかがこういうことをやってみる時なのよ。でも、あなたが恐れているのであれば、やめておけばいいわ。わたしはべつの人を見つけ……」

「いや、だめだ！」かれははねつけるようにいう。「心配いらない。わたしがいっしょにやる」

思ったとおりだった。

「じゃあ、行きましょう！」と、アイスクシクサ。「ぐずぐずしたくはないわ」

彼女はかれに手をさしだし、いっしょに部屋を出た。

アイスクシクサはひとりで実行するか、あるいはだれかに秘密を打ち明けて参加させるべきかじっくり考えた。結局、グループでもっとも弱い男を協力者に選んだ。もっとも面倒がなく、もっともかんたんに影響をあたえられるとわかっていたから。

いまようやくナックの研究にとりかかることができると確信した。彼女はこれまでのだれよりもナメクジ生物について知ることになるだろう。

彼女は高い目標を立てていた。

門マスターになるつもりだ。

「われわれにそれがやれると、ほんとうに思っているのか？」ヘンドロシュクは、ふたりで反重力リフトに乗ったときにたずねた。

「自信があるの」彼女は説明する。「わたしはプシオン性毒物を開発した。それはわたしにナックに対する力をあたえてくれると思う。それをナックに注射してみれば、わたしがナメクジ生物に対する力を持ったことがわかるというもの。かれらは、わたしが望むことをするようになるはず」

「われわれが望むことを」と、かれは彼女の言葉を訂正する。

「もちろん！」彼女はかれにしなだれかかった。「わたしたちふたりということが重要なの、わたしだけじゃなく」

　ふたりはリフトをはなれ、風変わりなかたちをしたものをそなえつけた部屋に入る。家具調度をそなえた部屋だと推測することはできるが、なんのためにナックはこのような奇妙なものを必要とするのかは、彼女にはわからない。しかし、まさにそのことをアイスクシクサは知りたいのだ。すべての事象が、なにかの点で役立ち、それを持ちあわせている者に利益をもたらすにちがいない。それが実体をともなう種類のものであれ、精神的な種類のものであれ、感情的な種類のものであれ、心的な種類のものであれ。彼女には、知的生物……まだ非常に未知であれ……がなんらかのものをなんの意味もなくまわりに置いておくわけがないと考える。

　透明壁の前で一ナックが立ちあがった。ふたりには背中を向けている。紋章の門の下で起こっていることに全意識を集中しているかのようだ。しかし、アイスクシクサは、こういった印象にだまされてはいけないことをよく知っていた。

「急いで！」彼女はささやく。「かれはまだわたしたちに気づいてないと思う」

　かれらは部屋を横切り、ナメクジ生物に突進した。ヘンドロシュクはかれを打ちのめし、床に投げる。アイスクシクサは高圧注射器をナメクジ生物の音声視覚マスクの横の頭部にあて、毒物を注射した。瞬時に効果があらわれる。雷に打たれたように、ナックはくずおれた。

「うまくいった」と、彼女。「まちがいなく、仲間に知らせる時間はなかった」

「で、これからどうする？」と、かれがたずねる。「次はどうするんだ？」

「次のナックを探す」と、彼女。

「注射がどんな効果をおよぼすのかがわかるまで、待ったほうがいいのではないか？」

アイスクシクサはちょっとためらい、それから床にすわる。両手で膝をかかえ、うなずく。

「あなたのいうとおりね。ショックから回復したとき、ナックがどのようにふるまうかを見たほうがいい」

床に横たわったまま腕ぜんぶを伸ばしている門管理者を、彼女は嫌悪感をあらわに見つめる。この状態のナックはいつも以上に醜いと思う。

数分が経過した。ヘンドロシュクはナメクジ生物をじっと見つめている。

「死んだのだろうか？」と、かれはたずねる。「どうして動かないのだろう？」

かれも床にすわっていたが、いまは、四つんばいになって進み、手をナックの頭部に置き、

「血が脈打っているのを感じる」と、報告する。「ここで動いているのが血であればだが」

かれが触ったことが門管理者を刺激したようだ。突然、ナックはからだを伸ばし、大

声でうめき声を発し、それからぴくぴくと身を縮めた。そして、数分その状態でとどまった。アイスクシクサは、プシオン性毒物がいけなかったのかと心配になる。するとナックはゆっくりと大きく上体を起こし、方向をかえ、彼女のほうを向いた。

「ぐあいはどう？」彼女はたずねる。

「ふつうだ」ナメクジ生物はソタルク語で答える。

「自分自身を観察してみなさい！」彼女は命じる。「なにか変化はある？」

「以前がどうだったかわからない」

「おまえはだれ？」

「フゴロガ」

「わたしはだれ？」

「女主人。あなたの思考がわたしにそういっています」

「わたしの思考が読めるの？」

「いいえ。でも、あなたがわたしに話せば、あなたの言葉にともなっている思考が聞こえます。それは、言葉よりもあなたが考えていることを明瞭に語っています。それゆえ、わたしがあなたにしたがわなければならないことも知っています、女主人」

「よく理解できているようね。でも、わたしがなにを考えているかわからなくなったときには、すぐにそのことをいいなさい」

「そうしましょう。わたしを信頼してください」

「おまえにとって門マスターはだれ」

「門マスターはもはや重要ではありません。かれはあなたが持つランクの者ではありませんから。わたしにとってかれの命令は、それがあなたの命令と一致するときだけ有効です」

「すばらしい」と、彼女はいい、得意満面にヘンドロシュクを見つめる。「ここにとどまり、わたし、あるいはわたしが思考でおまえに呼びかけるのを待ちなさい」

彼女には、フゴロガがテレパシー性命令を受信し理解できるかどうか、確信がなかった。しかし、かならずしもこの部屋に縛りつける必要はないだろうと思った。

彼女はヘンドロシュクに合図を送り、いっしょに急いで部屋から出ていく。右手に銃器を持っている。

「自分の目で見なかったら、とても信じられなかったろう」と、かれはいう。

「ようやくはじまったばかりよ」彼女は目を輝かせて答える。「わかる？　ナックの心をわたしたちのために開かせることができるのよ。かれら自身がかれらについて知らなければならないことすべてを、わたしたちに教えてくれるわ。ようやく、わたしはかれらの素性の謎を解くことができるのよ」

かれは驚いて彼女を見つめる。ここにきてようやく、ナックに対する彼女の攻撃の結果がいかに広範囲におよぶものか気づいたのだ。

「きみのいうとおりだ。われわれ、かれらがどこからきたのか、かれらがほんとうは何者であるのかを知るだろう」

彼女は笑い、立ちどまり、かれの肩をつかみ、

「前に、ナックは恒久的葛藤の教えについて理解していないし、もともと永遠の戦士に対する忠誠心も知らないとあなたにいったことがあるわね。でも、どうしてそうなのか？　かれらは鈍い衝動に駆られて紋章の門で働くようになったといわれている。でも、その衝動はどこからきているのか？　その背後にはなにがかくされているのか？　そういうものが偶然出てくるはずがない。わたしの情報によれば、紋章の門は、だれかに道をしめすために維持しなければならない標識灯のようなものだそうよ。かれらはだれに道をしめさなければならないのか？　そのことをかれらは知っているはず。あるいは、そうではないのか？　なぜ門は標識灯のようなものなのか？　そして、いかなる種類の標識灯なのか？　宇宙の深淵で、なにがこっそりとうかがっているのか？　なにがわたしたちのところに導かれてくることになるのか？　そこには、わたしたちがこれまで知っていることよりもはるかに多くのことがかくされているにちがいないわ」

ふたたびかれらは反重力リフトで上へと向かう。どこかでナックに遭遇するのではないかという希望をいだいて。まもなくリフトを出て、門管理者を探してあたりを見まわ

すが、いなかったので、またもや上へと移動し、入口にグリーンの植物が繁茂した部屋に入りこんだ。ヘンドロシュクが、通り抜けようと蔓をわきに曲げたとき、頭くらいの大きさのフルーツが植物からとれ、床に落ちて割れた。油状の果汁がはね、天井までの窓……何千ものガラスの破片によって構成されているようだ……のある床にまでひろがった。

ヘンドロシュクが一歩前に踏みだすと、つるりと滑ってころんだ。からだを支えることができないまま、部屋を横切って滑り、足からガラス壁に衝突した。壁は音をたてて粉々に壊れた。破片がかれの上に雨のように降りそそいでくる。かれは開口部を通ってガラス壁のなかに滑っていく。文字どおり、最後の瞬間に、いくつか崩れ落ちずにのこっていた残骸にしがみつく。

「待ってなさい、わたしが助けるから！」アイスクシクサは大声でいい、かれのあとを追おうとする。

「だめだ」と、かれは叫ぶ。「いまいるところにとどまっているんだ！」

アイスクシクサはその言葉に耳を貸さない。部屋のなかに入っていく。そして、彼女は無意識に植物の蔓をつかんだ。次の瞬間、彼女も油状の果汁でひどく滑りやすくなった床にころんだ。立ちあがろうとしたが、むだだった。なんとかいくつかの蔓をつかむことに成功し、安全な床に移動し、まっすぐに立つことができた。そのあいだにヘンドロシュクも安全を確保していた。かれの両手は、鋭くとがったガラス片で切っていたので、血まみれだった。しかし、かれは床に腹這いになり、一センチメートル、また一センチメートルと彼女のほうに近づいていていた。

「油で床がとても滑りやすくなっていて、からだを支えることができない」かれはあえぐ。背後ではガラス壁に巨大な割れ目が大きく口を開けている。そこから雨粒が吹きこんできて、油膜の上を転がり、いっそう危険な状態になっていた。

アイスクシクサは蔓を数本もぎとって結びあわせてから、ヘンドロシュクに投げた。かれはそれをつかみ、彼女は引きよせる。

「あなたがわたしの命を救ってくれた」かれは、彼女の隣りに立ちあがったときにいう。

「わたしひとりではどうにもならなかった」

「そんなことはないわ」と、彼女は受け流し、ポケットの裏地で急ごしらえした細長い布でかれの両手を巻いた。「あなたがそう思いこんでいるだけよ」

向かい側のドアが開き、身長三メートルほどのヒューマノイド型ロボットが突進してきた。三歩進んだところで、つるつるの床に転び、滑ってくる。ヘンドロシュクは充分に近づくまで待ち、蹴りをくらわす。ロボットはぐるぐるまわりながらも、武器からエネルギー閃光を放つ。しかし、狙いは大きくはずれる。それから、ロボットはガラス壁の開口部から滑りでて、深淵に消えた。

「つるつるでよかったわね」彼女は笑う。「そうでなかったら、わたしたち、ロボットをやっつけられなかったわ」

開きっぱなしのドアからべつのロボットが近づいてきた。六本のひょろひょろの足で歩く球形ロボットだが、さっきのロボットと同じ結果になった。つるつるの床で支えを失い、ふたりのガヴロン人のほうへ滑ってきて、強力な蹴りをくらい、ガラス壁の開口部へと運ばれていったのだ。ロボットは最後の瞬間にガヴロン人を撃ったが、やはりはずしてしまう。

ヘンドロシュクは笑う。

「何時間つづけたってかまわない」

「思い違いをしちゃだめよ」彼女が戒める。「次のロボットはとんでもないやつかもしれない」

彼女は慎重に部屋のなかを手探りで進み、そっと壁を突き放して、ロボットが入ってきたドアへと立ったまま滑っていく。そこには芸術的な模様がほどこされたフォリオが床をおおっていた。乾いていて、油っけはない。アイスクシクサはその上で充分にからだを支えられた。

「気をつけて！」すぐに、ヘンドロシュクがいう。「やつらが二体でくる」

かれが植物のカーテンの背後に身をひいたので、二体のロボットは、ゆっくりと慎重にドアを通って進んできたのに、かれのことが見えなかった。ロボットは車輪が回転しながら進む橇《そり》型の構造物だった。二体は、アイスクシクサのそばを通りすぎざま、彼女に気づいたが、彼女は両足でかれらを突き飛ばした。そのためその二体も、最初の二体のマシンのあとを追って深淵に消えた。

ヘンドロシュクは笑いながら植物のカーテンのあいだからそれを見ていた。

「この調子でいったら」と、かれはいう。「われわれ、門のなかをからっぽにしてしまうぞ」

さらに待つが、もうロボットはあらわれなかった。ナックの姿もなかった。

「いまごろはここがどういうことになっているかわかっているはずだけど」と、アイスクシクサがいう。「あるいは、わたしたちをそう重要とは思っていないのか」

「どうする？」と、かれがたずねる。「われわれ、ここでずっと待っていることはできない」

「先へ進みましょう。わたしたちが最初考えたように」と、彼女が答える。「結局、わたしたち、ようやく一ナックを獲得したにすぎない。これではすくなすぎるわ。この門には五百名ほどがいるというのに」

「で、何名くらいに毒を投与するつもりなんだ？」自分の言葉にぎょっとしてかれはいいよどむ。それから、みずからの言葉を訂正して、「というか……接種するつもりなんだ?」

彼女はかれを冷ややかに見つめ、

「五十名ほど。それで充分よ」

6

サラアム・シインとロワ・ダントンにあたえられた宿舎に一ソム人がやってきて、法典守護者ドクレドが話をしたいといっていると簡潔に伝えた。

「すぐに行く」ちょうどカボチャに似たフルーツを食べていた歌の師が答える。

「待たせないように」と、使者。

オファラーは最後まで食べ終わり、ロワと出発する。

「もめごとにならなければいいのだが」と、かれは小声でいう。

テラナーはかれをちらりと見る。両者は、発言には気をつけなければならないとわかっている。ドクレドをみくびってはいけない。いたるところに監視システムがあることを前提にしなければならない。まちがったコメントが大きなプランをだめにするかもしれない。

永遠の戦士の、そして恒久的葛藤のいまいましい教義に対する戦いにおいて、潰滅的な一撃をくわえる直前なのだ。生命ゲームのはじまりで展開されることになっている計画に成功すれば、それは想像を絶する結果をもたらすだろう。〈ティンパニーの響きというにはまだあまりに弱すぎるだろう〉テラナーは、サラアム・シインとならんで法典守護者のところに行きながら考える。〈この一撃は、イジャルコルとかれの信奉者をうろたえさせるくらいにはなるだろう。これまでそのような一撃が打ちこまれたことはなかったし、それは、星間戦争での会戦における勝利以上のものになるはず〉

四名の武装した警備員が法典守護者ドクレドの仕事部屋の前に立っていた。かれらはうやうやしくわきにどいた。

イジャルコルの栄光のために！　ロワ・ダントンは笑うところだった。〈ひょっとしたらイジャルコルはこの一撃から二度と立ちなおれないかもしれない。この計画が成功すれば、まったく新しい時代がはじまる〉

ドアが開く。ドクレドがふたりとだけ話したいのではないのが見てとれた。かれのかたわらにもうひとりいる。

ハトゥアタノのリーダーのライニシュだ！

ロワ・ダントンはぞっとした。またたくまに、かれの楽天主義が消え失せた。

大計画が危険にさらされている。

ライニシュはなんらかの手がかりをつかんだのか？　なにかを知ったのか？

ロワ・ダントンはまったく未知の不安にとらえられた。計画が不安定な基礎の上に立っていることを意識した。計画はごくちいさな仲間うちしか知らないことだが、推測することができる者は非常に多くいる。

〈熟考した者がいたのか？〉テラナーは自問する。〈疑念をいだいた者がいてもおかしくない。少々質問しすぎたかもしれない〉

かれはとほうもない緊張にさらされているのを意識した。これまですべての疑念を押しやっていたが、いまや、よりいっそうはげしくそれらが押しよせてきた。

ドクレドはなにかいいたそうだ。首をかしげ、かれを探るように見つめ、

「ライニシュがきみたちに対して重大な非難を唱えている」と、話しはじめた。

「驚くほどのことではない」と、ロワ・ダントンは答える。「予想したとおりだ。かれ自身が最近ひどくおかしなふるまいをしていた。それでわたしはかれのイジャルコルに対する忠誠心を疑っている」

「サラアム・シインときみ……きみたちは裏切り者だ」侏儒のガヴロン人はどなりつけるようにいう。

「なんと？　われわれが？」テラナーは肘かけ椅子のひとつにすわる。無頓着にかれは脚を組み、両手を肘かけに置く。かれはちょっと考え、ハトゥアタノのリーダーを攻撃しようと決める。しかし、なんの証拠も持っていなかったので、推測したことを口にす

る。

「紋章の門が操作された」と、かれはいう。「その結果ぜんぶで三十万名の歌手が目的地に到着しなかった。サラアム・シイン、ロナルド・テケナー、そしてわたしこそ、この失敗でもっとも困る立場なのだ。われわれはイジャルコルの栄光のために、生命ゲームの企画演出に携わり、全力を投入して、いままでになかったようなゲームになるようとり組んでいる。そんなときに紋章の門を操作されては困る。ゲームが永遠の戦士の栄光のためになることを妨げようとする者によってはじめられたとしか考えられない。つまり、ライニシュが、歌手たちが目的地に到達することを嫉妬と悪意に満ちた心で妨げたのだと、きわめて容易に思い描くことができる。かれは、百三十万名のオファラーが衛星イジャルコルにいなければならないことをよく知っている。かれが、三十万名が到着できなくなるよう仕組んだのだ」

「恥知らずめ」ライニシュが怒る。

「かれには、これらのオファラーがパイリアとロムボクをはなれられないことに対する責任がある。かれが門の遮断を指示したからだ」

法典守護者ドクレドはたじろいだ。この告発をどう解釈すべきなのかわからなかった。しかし、いろいろ疑いはあるにしろ、ライニシュの主張よりも筋道がとおっているように思われた。どうしてロナルド・テケナーとロワ・ダントンが生命ゲームを失敗させせなければならないというのか、とかれは自問する。生命ゲームを企画演出する名誉があたえられるのであれば、かれ自身、かれにとって愛するもの価値のあるものすべてを犠牲にするだろう。そしてかれには、そのような使命を最高の名誉と感じることのできない者がいるなどということが想像できない。

「その問題はかんたんに解くことができる」ドクレドは、侏儒のガヴロン人……いまやかれのほうから告発しようとしている……を断固として妨げた。

「なにをもくろんでいるんだ？」ライニシュは大声でいう。

「われわれ、テラナー門の封鎖解除を達成しなければならない。そうすれば、オファラーたちを衛星イジャルコルに送ることができる。そして、オファラーがロムボクからも引きあげるやいなや、問題は除去される」

ライニシュは怒りながら笑う。

「なるほど、もっともらしく聞こえる」かれは大声でいう。「だが、われわれ、どうやれば紋章の門の遮断を終わらせることができるんだ？　それに、そもそも遮断されているのか？　わたしにはわからない」

〈かれは嘘をついている〉ロワ・ダントンは認識する。〈かれは門をナックのファラガの助けを借りて機能停止させたのだ。それ以外にありえない。かれがいま門の機能を再開するよう手配すれば、恥をさらすことになる。かれは門を操作できるということを認

めることになるから〉

ライニシュはかれを憎々しげに見つめた。まるでテラナーの考えを認識したかのように。

「わたしにはなにが起こっているのかわからない」と、主張する。「いずれにせよわたしは紋章の門に影響をあたえたりはしていない。わたしにはそんなことはできない。しかし、きみたちといっしょにテラナー門に行き、門マスターと話をする用意はある。とはいえ、それでわれわれがなにかを達成できるとは思えないが」

ハトゥアタノのリーダーは、自分がミスをおかしたと悟った。パイリアにきてはいけなかったのだ。そして、ミスはそれだけではなかった。エルファード人の助けを借りてやってきた。そして、自分が紋章の門を通って衛星イジャルコルにもどるだろうと確信していたので、協力者を宇宙船で帰らせたのだった。

〈ファラガが門を作動するようにしなければ、わたしはパイリアにとどまらねばならない〉かれは認識する。

無性に腹がたち、ロワ・ダントンをにらみつけた。ダントンとサラアム・シインは実際なんらかの陰謀を計画している。だが、自分が三十万の歌手を目的地に行かせなかったのは、どうやら見こみちがいだったようだ。ダントンと歌の師は、本来なら極度にいらだつにちがいないこの事実に対して、あまりにもおちつきはらっている。生命ゲームの進行はそれほど危険にさらされていないのだろうか？

ライニシュは謎に直面していた。そしていまなおこの疑問に対するなんらの答えも見いだせないことが、まさにかれに耐えがい苦痛をあたえていた。

自分の思いどおりにやれるのであれば、三十万名のオファラーをかれらがきたところへと送り返したろう。あるいは、送ったろう、かれらが生命ゲームに参加することのできない、もっと遠い、既知宇宙の果てにまで。

テケナー、ダントン、そしてサラアム・シインは、なにを計画しているのか？

なにかがおかしい。全身全霊でそれを感じる。なにかひどいことが起きるのだろう。

しかし、なにが？

「いい提案だ」法典守護者ドクレドは同意する。「テラナー門に行き、門マスターと話してみよう。ひょっとしたら遮断を終わらせることができるかもしれない」

＊

四名のナックは偶然ふたりのガヴロン人に遭遇し、驚愕する。

アイスクシクサも驚いて悲鳴をあげた。

「かれらを逃がさないで」彼女は叫び、ナメクジ生物の二名に対して突進する。彼女は湿っぽい皮膚に触れたとき、吐き気がした。できるものならふたりの門管理者を遠くに投げ飛ばしたい。しかし、そんなことをすれば計画があやうくなる。

ヘンドロシュクは彼女よりすばやく、手際がよかった。かれはほかのふたりのナックにプシオン性毒物を注射し、すぐさま彼女のところにやってきて、彼女を助けた。数秒後、四名のナメクジ生物はぴくりともせず床に横たわっていた。

「ナンバー二十四と二十五」と、満足げにかれは手をこすり合わせる。「これで、われわれ、予定の半分を手にした」

アイスクシクサは疲労困憊《こんぱい》して床にしゃがみこんだ。両手をズボンで拭ってきれいにする。

「かれらがこれほど気持ち悪くなければいいんだけど！」彼女はため息をつく。

ヘンドロシュクは笑いながら、

「きみは、かれらがまさにこういう存在であるのをよろこぶべきだ」という。「かれらが戦闘能力にすぐれていたら、われわれ、こうはいかなかった」

アイスクシクサは壁にもたれかかり、目を閉じて、

「わたしにはわからない」という。「ナックは秘密に満ちた生物だし、抵抗する能力があるはずなんだけど、それを発揮しない」

「どうして抵抗しないんだ？」ヘンドロシュクには、防御できる者がそれをやらないなどということは、想像することができない。

「わからない。ナックは合理的に行動しない。いずれにせよ、わたしたちの感覚ではということだけど。かれらのどの行為もわたしたちには理解できないだけで、なにか理由があるにちがいない。ひょっとしたらかれらは抵抗することを……わたしたちのだれも紋章の門を操作できないから……不必要とみなしているのかしら？」

「われわれはかれらの助けが必要だった。そのとおりだ。しかし、プシオン性毒物によって、すべてはすこしちがったものになった」

彼女はうなずき、

「それはそうかもしれない」と、同意する。「ナックは勘違いしている。傲慢なかれらは、自分たちがまだ主人だと思いこんでいるのよ」

彼女はみずからの弱さを克服し、立ちあがった。

毒を注入されたナック二十四と二十五が動く。彼女はかれらのところに行き、ヘンドロシュクとふたりで制圧したこれまでのナックたちのところへ行くよう命じた。ナック二十四と二十五は無言でその場をはなれていき、プシオン性毒物を注入されたほかの者たちと同様にふるまう。

「あと一、二時間もあればやってのけられる」と、彼女はいう。「そうなれば、わたしたちがテラナー門の主人よ」

明るい閃光が垂直に壁を突き抜け、彼女の横でぴかりと光った。アイスクシクサは驚いて跳びすさる。

「いまのはなんだったの？」彼女は息を殺してたずねる。壁は、なにも起こらなかったかのように、変わったところはないようだ。

ヘンドロシュクはためらいがちに壁に近づき、手でなで、「温かい」と、報告する。「ここでなにかが起こったようだ」

「気をつけて」彼女はかれに警告する。「また起きるかもしれないわ」

思わず、かれは壁からはなれた。天井からふたたびぎらぎらした光が壁……一瞬透明になったように思われた……を抜けて床にあたった。そこにアイスクシクサは、何十名ものナックが大きな輪をつくっている映像が見えた気がした。

「あれはどういうことだと思う？」ヘンドロシュクがたずねる。

「わからない」彼女は、肩に置かれたかれの腕をはらいのけた。「ナックがかれらのやり方で抵抗をはじめたのかもしれない」

近くにナメクジ生物がいないにもかかわらず、かれはびくびくとまわりを見まわした。かれらは、紋章の門の大きな搬送ホールを見おろすことのできる欄干《らんかん》のようなところにいた。そこは十五万名のオファラーが到着した大ホールだった。

「先に進むわよ」彼女はせきたてる。「ナックが手こずらせるのなら、五十名でやめない。百名にでもプシオン性毒物をあたえられる。あるいは、その倍だって」

ばりばりと轟音《ごうおん》が聞こえ、またもや耐えられないほど明るくなった。数秒間、純粋エネルギーのリングが生じた。それは直径三十メートルほどあり、アイスクシクサとヘンドロシュクが見おろす大ホールで浮遊している。同時に、威嚇《いかく》するようにぱちぱちいう音が、まるで内部構造が壊れたかのように、紋章の門を走り抜けた。

ふたりのガヴロン人は通廊のなかに退く。一方、リングは徐々に色あせ、最終的に消えた。

「先へ行くわよ！」数分待って、なにも起こらなかったので、アイスクシクサは命じる。「おそらく、あれにはなんの意味もない。わたしたちに関係あることじゃない。きっと紋章の門にとってはノーマルなことなのよ。わたしたち、この門についてなにを知っている？　なにも知らないのも同然だわ。紋章の門でどんなことが起きているのか、ナックはなにもいわないんだから」

彼女はヘンドロシュクを見やり、かれの目におちつきがないのを見てとった。口角に切れこみができていて、鼻は奇妙にほっそりしている印象をあたえる。不安にとらわれているようだ。

アイスクシクサは、自分がまちがっているとわかっている。あの閃光が紋章の門のノーマルな現象であるはずはない。あれは、わたしたちにじかに関係している。

なにかが変わった。明白にとらえられるようなものではないが、彼女にはそう感じられた。独特な緊張が生じ、壁のひとつに近づきすぎると、火花が飛びうつるような感覚がした。

「わたしたち、最後までやりぬくわよ」彼女はかすれた声でいう。自分の声が突然力なく響くのに驚き、何度か咳ばらいをして、時間を稼ぎ、おちつきをとりもどす。ヘンドロシュクに対してけっして弱さを見せたくなかった。

決然として彼女はドアに向かう。目の前のドアが開き、長い通廊があるのを見て、無意識のうちにほっとする。しかし、ドアを抜けるやいなや、驚くべきあらたな現象が起こった。立ちどまる。脚が麻痺したかのようだ。

通廊の天井から、奇妙なエネルギー渦に満たされた霧のような色とりどりのヴェールがおりてくる。それらはあがったり下がったり、あっちへこっちへと舞い、なんらかの方法で彼女に意志を伝えようとしている生物のようだった。

＊

法典守護者ドクレド、ハトゥアタノのリーダーのライニシュ、オファラーの歌の師のサラアム・シイン、そしてロワ・ダントンは、多数のグライダーを引き連れて、先端が低く垂れこめた雨雲によってかくされているテラナー門へと向かう。

「ライニシュがどのように申し立てるか楽しみだ」ソム人が操縦する飛翔マシンから降

りたとき、テラナーがいう。

「じかに門マスターのところへ行くだろう」サラアム・シインが推測する。「かれには、ほかの選択肢はない」

「で、かれはどうするのか？」

オファラーは自分もそれに対する答えを知らないことをしめすために、触手のふたつをあげた。それから突然立ちどまり、べつのふたつの触手を、頭と胴体のあいだにある腕くらい太い軟骨のふくらみにやった。そこに歌唱器官がある。

「どうした？」ロワがたずねる。

「なにかがおかしい」と、サラアム・シインは答える。かれの声はごろごろ音をたてる低音になり、ほとんど聞きとれない。「奇妙な緊張感がある」

テレスコープ状の首がめいっぱい伸ばされ、卵形の頭がまわって、あちこちに向きを変えている。ロワ・ダントンはオファラーを不安げに観察する。以前にはけっして見られなかった奇妙な行動だった。

ライニシュと法典守護者はひきつづき門へと向かう。かれらはなんの変化も感じていない。

「話してくれ！」テラナーはせきたてる。「どんな緊張感なのだ？」

「パイリアが危険にさらされている」オファラーは不安定な声で歌う。触手の先端がアンテナのようにテラナー門に向けられる。「惑星全体に関わることだ」

ロワ・ダントンは、危険がそれほど大きいとは想像できなかった。

そのとき、ドクレドとライニシュが立ちどまった。ハトゥアタノのリーダーが悲鳴をあげる。かれの前で、赤と黄色に輝くエネルギー渦が地面から飛びだし、紋章の門のそばでゆらめきながら雲にまで昇っていった。

「これまでこんなことはなかった」大あわてで門から数歩退いた法典守護者が説明する。かれの腕と、背中にある羽が逆立った。「なにが起きたのだ？　きみたちは門になにをしたんだ？」

かれはロワ・ダントンを非難するように見つめる。

「もちろん！」ライニシュは、たったいま大きな啓示があったかのように大声でいう。「ゴリムが門でなにかを作動させたにちがいない。気になることがいくつかある。そもそもゴリムはどのようにしてここにやってきたんだ？」

「もちろん宇宙船だ。きみと同じく」ロワが答える。「いまもわたしは門を通って帰ることを望んでいるので、宇宙船がシオム星系に帰ることを了承した」

かれは嘘をいった。実際には、ネット船が惑星の近くで、ミッションが終わればかれらをふたたび受け入れるために待っている。

「つまり、きみの場合と同じだ」サラアム・シインがつけくわえる。「それ以外にありえるかね？」

オファラーは紋章の門の前のエネルギー渦がなにを意味するのか説明がつかなかった。ロワ・ダントンもそれを知らない。法典守護者はどうすることもできない。行動を中断する口実を探すが、見つからない。かれはこの現象を恐れている。しかし、面目はたもちたい。

唯一なにかを予感したのはライニシュだった。かれはアイスクシクサのことを考えざるをえない。彼女がいまも紋章の門のなかにいることを知っていた。彼女は門を遮断させる派遣団を指揮している。しかし、いまや魅惑的な女ガヴロン人はそれでは満足していないのだという印象を、ハトゥアタノのリーダーは持った。

ライニシュは、アイスクシクサがひとりではないと考えたとき、心に刺すような痛みを感じた。彼女のもとには、彼女にいいよる多くの男がいる。嫉妬がかれのなかに起こった。アイスクシクサを信用できるのだろうか？　彼女はほんとうに、くりかえしかれに約束したように行動しているのだろうか？　あるいは、彼女自身のもくろみを追求しているのだろうか？

かれの心臓の鼓動は速まり、アイスクシクサのことを考えないようにするのはむずかしい。しかし、いま、彼女のことばかりを考えるのは許されない。いま重要なのは、ロワ・ダントンとロナルド・テケナーを公衆の面前でさらし者にし、永久にイジャルコルの勘気をこうむるようにすることなのだから。

紋章の門は遮断されたままでなければならない。それは、かれがパイリアにいるかぎり集中しなければならない目的だ。この目的を達成できないとするならば、すくなくとも十五万名の歌手が……生命ゲームに介入できないように……故郷惑星に送り返されるようにしなければならない。

同じことはロムボクのオファラーにもあてはまる。

〈わたしは、意に沿わないなにかが門で起こるなどということを受け入れるつもりはない〉と、かれはみずからに誓う。

ばりばりと大きな音をたてながら、さらにべつのエネルギー渦が上昇する。今回それは虹のあらゆる色で輝いていて、プシオン性衝撃波をともなっていた。それはドクレドをひざまずかせ、ライニシュを投げとばし、サラアム・シインに悲嘆の叫びをあげさせ、ロワ・ダントンには強引にほかの宇宙へと追いやるような、大宇宙の力と渦にまきこまれて塵《ちり》のように無限のかなたに連れ去られるような感覚をあたえた。

7

トオモアン・タアアンは、宿営地の上に丸天井のようにかかっているほのかに光るエネルギー屋根を見つめる。ソム人がそれを設けてから、宿営地内は乾いていた。

ケエエン・チャアエルがひと握りの食糧を持ってきて、彼女の隣りに腰をおろす。

「かれらが提供するものはみな、まるで噛み砕かれているようだ」かれはフラストレーションが反映された低い声で歌う。「おまけに、よくわからない動物の腸に詰めこんで煮られた粥《かゆ》状の代物だ」

トオモアン・タアアンは苦しげにうめき声をあげ、

「眠っているあいだに、この比類ないごちそうを喉に詰めこんでくれればよかったのに。考えただけで気分が悪くなる。なによりわたしが恐れているのは、この珍味がわたしの声に有害かもしれないってこと」

ソム人によってぎゅうぎゅうに詰めこまれている腸詰めは奇妙なかたちをしていて、それを見たトオモアン・タアアンから深いため息が洩れた。

「イジャルコルには評価してほしいわ。わたしたちがかれの栄光のためになにをしてるかをね」彼女は愚痴をこぼす。「家では、草が伸びるのを見るくらいしかやることがなかった。何日間も草原に横たわって草の健康以外のことはなにも考えなかった。

それから、この辛苦よ。わたしたち、こんな大勢のなかで寝っころがっているんでなければ、すくなくともちょっとくらいはセックスできたのに」

「そういうこと、いわずにはいられないのかい？」ケエエン・チャアエルが困惑してたずねる。

「いまこそ、あなたもちゃんと考えてみるべきよ。ひょっとして、ふたりしてまた、森のなかにいくべきかも」

「この食糧支給品のなかで、なにかほしいものある？」

「こんなものでからだに毒をもろうなんて思わないわ」トオモアン・タアアンは歌う。「これを食べたらわたしの肌の色つやがどうなるのか、だれにわかるの？　わたし、あなたの肌の色つやがとてもセクシーだと思ってるって、もういったかしら？」

「いいかげんに、わたしのことはほうっておいてくれないか」ケエエン・チャアエルがたのむ。「そんなたわごとは、もう聞いていられない」

トオモアン・タアアンはからだを伸ばし、触手三本をクッションがわりに頭の下に置く。彼女はとても楽しそうだ。

　ケエエン・チャアエルは、自分で持ってきた腸詰めのひとつをいやそうにたいらげ、のこりをわきに置いた。ソム人が提供するものはまずくて、飲みこむことができない。「これからどうなるんだろうね」と、かれはたずねる。「あとどれくらいなにもしないで、ここにぼんやりすわっていなければならないんだろう？」

「それが問題ね」

　ケエエン・チャアエルはトオモアン・タアアンを自信なげに見つめた。かれには、彼女がなにをいいたいのかわからない。またからかっているだけなんだろうか？

「なにが問題なんだい？」と、かれは歌う。

「なにもしないってことの問題は、いつそれが終わるかわからないってことよ」

　ケエエン・チャアエルは跳びあがった。いらいらする。宿営地の狭さがつらい。そして、なにもすることができないという事実がかれの神経にさわる。

「あなたにはほんとにいらいらさせられる」かれは彼女にくってかかった。「いったい、わたしをなんだと思っているんだ？　もうこれ以上あなたのばかなおしゃべりを聞いちゃいられない」

「たしかに、あなたはわたしよりましね」

「わたしもそう思う」

　トオモアン・タアアンは手足を投げだし、

「だれもが、自分がいちばんえらいと思っているのよ」と、友好的で明るい調子で歌う。

「平均はこうしてつくられる」

「ほんとうにもううんざりだ」ケエエン・チャアエルはどなる。踵をかえし、出ていこうとした。しかし、そのとき突然、逃れることのできない、なにか奇妙なばりばりする音、エレクトロン性の圧迫感につつまれた。かれの頭のまわりに、虹のあらゆる色に微光を放つ輪が形成された。かれは悲鳴をあげて倒れこんだ。

「どうしたの？」トオモアン・タアアンはつかえながらいう。彼女は跳びあがり、なにも答えず、地面でめそめそと身をちぢめているケエエン・チャアエルにかがみこむ。彼女が目をあげると、宿営地に集まっているすくなくとも半数のオファラーが同じように横たわっていた。まるで雷に打たれたかのようだった。

トオモアン・タアアンは慎重に起きあがる。彼女は動揺した。それはなんの前触れもなく起こった。そして彼女は、あの不可解なエネルギー衝撃はなにに由来するものかと自問する。

〈もちろんテラナー門からだ〉と、彼女の頭に浮かぶ。〈ほかのどこからだというの？〉

彼女は振り向く。多色のエネルギー渦が紋章の門の底部から雲にまできらめいて昇っていくのが見えた。と同時に、彼女の頭のなかになにかが突き刺さったように感じた。

彼女ははげしい痛みに襲われ、地面に倒れたが、意識は失わなかった。ケエエン・チャアエルが自分の横で動くのを感じた。

「動かないで」と、彼女は苦労して口ずさむ。「じっと伏せているのよ、あるいは横になっているか」

ケエエン・チャアエルは支えを探すように、触手を一本彼女の上に伸ばした。

「性的なアプローチはやめてね」と、トオモアン・タアアンは歌う。「いまはその気になれないから」

触手がさっとひっこめられる。

「ほんとうに嫌なやつだな」ケエエン・チャアエルは、はかり知れぬほど低い低音でののしる。「もう二度と親切にしたりしないぞ」

「ひょっとしたら、わたしたち、生きのびられるかもしれないけど」と、彼女は答える。

「このエネルギー・シャワーで、状況はいっそう悪くなったわね。ほんとうに不快だわ」

彼女はテレスコープ状の首を伸ばし、宿営地を見わたし、それからすぐにまたちぢめた。

「神々しいセイレーンの歌声にかけて！」彼女は嘆く。「もうほとんどだれも立っていない。わたしたちを襲ったのがなんであれ、それがほとんど全員を吹き飛ばしてしまった」

ケエエン・チャアエルも彼女を真似る。かれの頭が充分な高さになるまで首を上に伸ばした。ショックを受けながらも、トオモアン・タアアンは正しく観察したと確認する。見た感じでは、十万名のオファラーが地面に横たわっていた。ただし、かれらが死んでいるのか、意識を失っているだけなのかはわからない。

そのほかの者はたいていしゃがみこんでいた。かれらは、殴られるのを恐れているかのように、頭を引っこめている。

「これがなにを意味するか、わかる？」トオモアン・タアアンは絶望的にたずねる。

「わたしたち、イジャルコルの栄光のために、生命ゲームに参加しようと故郷をはなれた。サラアム・シインは、ここからでも参加できるといった。でも、それもいまやおしまいね。それは、われわれが全員でいっしょに歌ったときだけのことだから。十万名の歌手が欠けたら、生命ゲームは不成功に終わるでしょうね。イジャルコルは帰ってくる、そして失望を体験することになるでしょう。わたしたち、かれにふさわしい敬意をしめすことができないのだから」

ケエエン・チャアエルは触手の一本で、地面をたたいて音を響かせ、

「申しわけないが」と、歌いだす。「いまはどうやって生きのびるかということで頭がいっぱいなんだ。イジャルコルの栄光は、あとまわしにするしかない」

トオモアン・タアアンはかれのほうを向き、なぐさめるように触手の一本をかれの背中に置いた。若い男が発する吐息が、ものすごい苦痛を味わいつくしていることを教えてくれる。ケエエン・チャアエルはいいようもないほど怯えていた。

*

「こうしたすべては、われわれがナックを攻撃したために引き起こされたのだろうか？」ヘンドロシュクがつかえながら、アイスクシクサに心のうちを吐露する。支えをもとめてかれは彼女に手を伸ばすと、さげすむようにはらいのけられる。

「逡巡《しゅんじゅん》」と、彼女は大声でいう。「いつも逡巡と不安だけ！　わたしの計画やわたしを疑ってもらうためにあなたを連れてきたんじゃなくて、いっしょに戦ってもらうために連れてきたのよ」

「わたしは、あなたがわたしを好きだからだと思っていた」と、かれは悲しげだ。

「戦うのよ」と、彼女は決断する。「あのようなトリックでわれわれに驚きをあたえることができるなどとナックに思わせてはいけない」

彼女は先へと急ぎ、天井から降りてくるエネルギー渦が触れそうになったとき、姿勢を低くしてくぐり抜けた。それから、勝ち誇ったようにヘンドロシュクのほうを振りかえる。

「さ、行こう！」彼女はかれをうながす。「なにをぐずぐずしているの？」

かれは彼女にしたがい、同様にうまく渦の下をくぐり抜けた。

「ほらね」彼女は元気づけるようにいう。「なにも起こらなかったじゃない。ナックは脅しているだけ。それだけのことよ」

かれは困惑の笑みを浮かべる。彼女に自分の弱さを見せたのがやりきれなかった。

「けっこう」と、かれはいう。「わたしはちょっと混乱していた。でも、もうだいじょうぶだ。ナックのやることにもう驚かされたりはしない。わたしを信頼してくれていい」

彼女はかれを引きよせ、自分の頰をかれの頰にやさしく押しつけた。勝利の笑みが彼女の唇に浮かぶ。彼女にはわかった、かれを完全に手中におさめたことが。そしてかれは今後彼女のために、彼女に二度と弱さをさらさないために、文字どおりなんでもするということが。

ほどなく、かれらは五名のさらなるナックに遭遇した。なんなく打ち負かし、アイスクシクサの道具にするためのプシオン性毒物を投与した。その後たてつづけにことが進み、ついには四十名以上の門管理者が美しいガヴロン人の奴隷になった。これらのナックは全員、門の半分ほどの高さにある大きな一部屋に集まり、アイスクシクサを待っている。

「もういいだろう」ヘンドロシュクが確認する。「あなたの計画を実現するために、これ以上のナックが必要だとは思えない」

「そうね」と、彼女は同意し、最後に毒物を投与したふたりのナメクジ生物……いまや同様に集合場所に向かっている……の背後でこちらを見た。「いまから門管理者を呼びつけて、わたしたちが必要とする情報を手に入れましょう。それから、門マスターの番よ。かれにかわって、わたし自身が門マスターになる」

奇妙な光が彼女の目のなかでゆらめくが、ヘンドロシュクはそれに気づかない。

「あなたは門マスターになるだろう」と、かれはいう。「そうなれば十五万名のオファラーが、門マスターが注意をはらわなかったという理由だけで、間違った惑星に着陸するようなことはもう起こらないだろう」

かれは驚いたように立ちどまる。

「われわれ、ここにいたのではなかったか？」そういって、ドア・ハッチを縁どっているモザイクのような図案をさししめす。「おお、そうだ。ここからわれわれは出発したのだ。ほかの者たちはそこの部屋にいるにちがいない」

ドアを開けた。かれの唇から笑いが消えた。派遣団に属していたガヴロン人が床の上に横たわっている。たいていの者の頭部には醜い火傷《やけど》があり、全員死んでいた。壁と床の上の黒い線条が、強力なエネルギー放電があったことを示唆《しさ》していた。

「ヘンドロシュク！」彼女が大声でいう。彼女は震える手で、通廊のまんなかで急にひらめくホログラムをさししめす。それは音声視覚マスクを装備したナックで、いくつかの円錐形の物体の上を自由に漂って動いていた。門マスターにちがいない。

「がまんの限界をこえた」ホログラムからかれらに向かって声が響いてくる。「わたしは要求する、ただちに門管理者たちに解毒剤をあたえるように」

「そうしなければ？」と、驚愕からすばやく立ちなおったアイスクシクサが叫ぶ。

「さっさとやるのだ」と、ナックは答える。「あなたにはそれ以外の選択肢はない」

「でも、わたしの見解はちがう」と、彼女は伝える。「わたしに不安をあたえるためにそういっているだけ。だが、そうはいかない。あなたこそわたしにしたがいなさい。わたしがあらたな門マスターなのだから」

「あなたは思い違いをしている。ガヴロン人はけっして門マスターにはなれない。あなたは紋章の門のプシオン性構造を知らないし、けっして理解することもできないだろう。さっさと解毒剤をあたえるのだ！」

「わたしはまったくそうは考えない。わたしは要求する。わたしの宿泊所に移動させたナックたちのところにすみやかに行くことを」

「あなたは、自分がなにをやっているのか、わかっていない」

「とんでもない！　わたしはとてもよくわかっている。そしてあなたの反応が、わたしが正しい道にいることをしめしている」

「いや、ちがう。あなたはおのれの術策とプシオン性毒物によって門の内的構造を混乱させてしまった」

「それが、なんだというの？　だったら、わたしたちがすべてを正常にするだけのこと。わたしにゆだねるんだね。そうすれば、わたしがすべての問題を解決する」

「あなたは、なににについて話しているのかわかっていない。すでにもう制御できないエネルギー放射が発生していて、ますます強くなっている。われわれは、その現象をなんとか制御しようと努力しているが、とても楽観できるものではない」

「わたしにまかせればいい。わたしがかたづける」

「なんとおろかな！　あなたはなにが起こっているのかわかっていないのか？　門の負荷はますます大きくなっている。それを阻止するには、ナックの数がすくなくなりすぎている。すぐになんとかしなければ、爆発が起き、その物質の大部分はエネルギーに変わる。爆発は非常に強力なので、惑星全体が危険にさらされる。巨大なクレーターがこの場所にでき、それは非常に深いので、そこからパイリアの液状の内部が勢いよくあふれでてくる。その爆発による降下物が惑星全体を何百年にもわたって居住に適さないものにしてしまう。この惑星の全生物は数週間後、数カ月後には苦痛に満ちて破滅することになる」

アイスクシクサは疑わしげに笑い、「たわごとを！」と、大声でいう。「おのれの力を守りたいがためにいっている。あなたはもう終わっているにもかかわらず、わたしに門をゆだねたくないだけよ。あなたにはもう未来がないことを、いつになったら理解するの？　わたしの味方になりなさい。いまこの場で。わたしはあなたにそう命じる」

「この女は狂っている」門マスターはそういうとヘンドロシュクのほうを向き、「彼女をよく見るのだ、精神障害をあらわしている。彼女を阻《はば》むのだ。さもなくば、最後はひどいことになる。惑星が荒廃するだけではなく、オファラーの歌手たちも助かる見こみがないまま破滅する。そして、それがなにを意味するか、わかるな。もし十五万名のオファラーが欠ければ、生命ゲームは開催できないし、われわれはイジャルコルに、かれにふさわしい栄光を讃《たた》えることができなくなる」

「そんなの嘘よ」アイスクシクサは抗議する。「すべて虚偽だわ。かれのいうことを信じてはいけない」

「だが、それが真実だったら？」と、ヘンドロシュクはたずねる。

「わたしは手にした力をけっして自分の手からはなさない」

「もし門が爆発したら？　そのときはどうなる？」

「そんなことには関心がない」彼女はかれをはねつける。「いつも逡巡していたのでは、大きなことはなしえない」

「もう死者のことを忘れたのか？」かれは彼女の腕をつかみ、強くひきとめ、訴えるように彼女を見つめた。しかし、彼女は身をかわし、横を向く。そしてかれをはらいのけようと試みるがうまくいかなかった。

「戦わずして計画が遂行されると考えていたとでもいうの？」と、彼女は訊く。「すでに多くのナックをわたしたちの味方にしたのはわかっているはず。わたしたちを恐れていなかったら、門マスターはこんな行動はとらないでしょう。さ、わたしをはなしてよ」

ヘンドロシュクは彼女を解放するつもりはなかったが、彼女は全力で身をもぎはなした。かれはうしろへよろめき、支えをもとめて空中で手をもがく。手は空をつかむだけで、壁に背中をぶつけた。白い炎がかれをつつむ。アイスクシクサは、驚きのあまり見開いたかれの目を見、かれの死の叫びを聞いた。それからかれは、火の玉となって消えた。それはすごい高熱を放射し、彼女は驚いて逃げた。彼女は、軽蔑的な笑い声が聞こえたように思った。

「あなたはわたしを攻撃したりしない」彼女はあえぎながらいう。「あなたはわたしを恐れている。わたしがあなたを滅ぼす力を持っていることを知っているから」

彼女は反重力リフトに跳び乗り、下へと行く。攻撃を恐れて、何度も上に目をやる。

しかし、なにも起こらなかった。ぶじリフトを出て、毒物を投与したナックのところに行くことができるだろう。ナックが彼女を待っている部屋のドアに近づいたとき、門マスターがすでに破滅したことを確信を持って感じた。

〈あと数歩、そうすれがわたしは勝利する〉と、彼女は考える。

＊

ハトゥアタノのリーダーは立ちあがり、ためらいがちにあたりを見まわす。すぐそばで法典守護者ドクレドが地面に横たわっていた。数メートルはなれたところでは、ロワ・ダントンとサラアム・シインが泥のなかに膝をついている。かれらも同様に茫然としているように見えた。

「裏切り者め！」ライニシュは叫ぶ。「わたしは、おまえが門を操作するだろうとわかっていたんだ。なにをもくろんでいるのかは知らない。だが、そのうちきっと見つけだしてやる」

ソム人はためらいながら立ちあがり、服をたたいて埃《ほこり》をはらいながら、

「見てみろ」と、いう。「門マスターはわれわれになにかを伝えたいようだ」

紋章の門の出入口に、等身大より大きいナックのホログラム映像が生じていた。ナメクジ生物は独特の渦巻き形で、虹のすべての色で光るエネルギー・ビームによってとり

まかれている。

ロワ・ダントンに対してさらなる非難の声をあげようとライニシュは口を開いたが、考えを変えた。かれはげんこつでちょっとテラナーを威嚇し、それからホログラム映像に近づいていく。かれは、数秒前にエネルギー渦によって投げもどされたことを忘れたのだろうか。

ホログラム映像が変わり、アイスクシクサが多彩な渦巻きのなかにあらわれた。

「嘘つき！」と、彼女は叫ぶ。その声は非常に大きく、ライニシュは思わずあとずさる。

「テラナー門は爆発したりしない。パイリアも破滅したりしない。わたしには力がある……力があるのはわたしだけ。そしてだれもそれに異議をとなえたりしないはず」

威嚇するように彼女は両のこぶしを認識できない敵に対してあげる。目のなかで狂気が鬼火のように揺れ動いていた。

「わたしはプシオン性の力を持っている。門マスター、それを忘れないことね。わたし以外のだれもプシオン性毒物の化学式を知らない。わかる？　わたしだけがその秘密を握っていて、そしてわたしだけが、どんな解毒剤をあたえなければならないかを知っているのよ」

彼女は甲高い声で笑う。勝ち誇ったように両腕を高々とあげる。ゆっくりと映像が色あせ、ふたたびナックのホログラム映像があらわれた。

「われわれ、助けを必要としている」門マスターが表明する。「紋章の門はきわめて危険な状態だ。そしてわれわれだけではもはや助けられない。われわれは常軌を逸したこの女を阻むこともできない。彼女は、われわれから離反したナックたちに守られているから」

「なにをいっているのかわからない」ライニシュは混乱して叫ぶ。「紋章の門が危険な状態とは、どういうことだ?」

「遅くとも一時間後にはこの門は爆発するだろう」ナックは答える。「爆発はとても強力で、惑星そのものが危険な状態におちいるほどだ。いずれにせよ爆発はパイリアの外殻を引き裂くだろう。放射性下降物が惑星全体を汚染し、すべての生物が死に絶えることになる」

「一時間だと?」ハトゥアタノのリーダーは肝をつぶしてうめく。

「おそらくそれより早いだろう」門マスターが答える。かれの映像は一秒ごとに薄れていく。

「待ってくれ!」と、ライニシュが叫ぶ。「われわれはもっと多くを知らなければならない、もっとはるかに多くのことを」

かれは無意識に門へと急ぐ。しかし、突然、見えない力によって投げもどされる。何メートルも空中を飛び、ロワ・ダントンのそばに荒々しく落下した。

「われわれ、門に踏みこむことができないのなら、どうやって門マスターやほかのナックを助けられるというのだ?」と、ドクレドがたずねる。助けをもとめるようにテラナーを見つめる。これまで法典守護者として、また、ソム人のリーダーとして、このパイリアでなんでも要求できた権力者であることを忘れているかのようだ。

「あなたのガールフレンドがあなたを裏切ったのだ」サラアム・シインがよく通る力強い声でいう。「イジャルコルにふさわしい栄誉を拒んでいるのはロワ・ダントンやわたしではなく、女ガヴロン人だ。ハトゥアタノのリーダーはわれわれに対する告発をとりさげる必要がある」

「そして、われわれに関して嘘をひろめたことをわびなければならない」ロワ・ダントンがつけくわえる。

ライニシュは手をあげ、それを自分の頭に置き、

「おまえたちは分別を失ったのか?」と、あえぎながらいう。「そうしたことすべては、門が一時間後には爆発して、惑星全体が全滅するのであれば、もはやなんの意味もないのだぞ」

「それはそのとおりだ」オファラーの歌の師が同意する。かれは遠くの宿営地のほうに目をやるが、詳細を認識することはできない。遠くから見ると、まるで十五万名の歌手のところではすべて正常であるように思われた。

「わたしはすべての力を結集する」ショックからしだいに回復したドクレドが明言する。かれはグライダーへと急ぎ、副官に、全ソム人を紋章の門に集めるようにと命令をくだす。

「全員をただちに呼び集めるのだ」と、法典守護者は叫ぶ。「紋章の門への突入に必要なすべての器材を持ってこさせるのだ。われわれ、エネルギーバリアを押し破ることになる」

かれはクロノメーターに目をやり、いい添える。「作戦は遅くとも半時間後には終えなければならない」

「常軌を逸している」サラアム・シインが小声で口ずさむ。「それほどの短時間で全ソム人をここに集め、攻撃を組織できると思いこんでいる。われわれは独力で試みなければならない」

ドクレドもただちになにかやらなければならないことはわかっていた。かれは、いっしょにきたすべてのソム人を呼び集め、

「門に突入する！」と、命じると、攻撃の合図を送り、ほかの全員といっしょに不可視のエネルギー壁に向かって駆けだした。しかし、それは攻略不能だった。以前ライニシュがそうなったのと同様に、かれは……かれの兵士たちも……投げ返された。かれらは高い弧を描いて空中をくるくるまわりながら飛んでいく。かれらのだれも深刻な負傷を

負わなかったのは奇蹟というしかない。

その後、法典守護者は部下に、グライダーでの突撃を試みるように命じる。それも思っていたとおり、完全な失敗に終わった。反重力グライダーの機首は見えない巨大なこぶしで文字どおり粉々になり、マシンは何メートルも跳ね飛ばされ、音をたてて地面に落ちた。

「おしまいだ」ライニシュはめそめそする。侏儒のガヴロン人はグライダーの残骸を蹴る。「わたしはエルファード人を宇宙船で立ち去らせてしまった。わたしには、この死にゆく惑星をはなれることができない」

かれはロワ・ダントンを憎々しげににらみつけ、

「すべてはおまえの邪心のせいだ」と、非難する。

ネットウォーカーはかれをあざけって笑う。

「自分がなにをいっているのかまるでわかっていないな。女ガヴロン人がナックを攻撃したのだ。いまや惑星を脅かしている危険の責任は女ガヴロン人にある。彼女と親密な仲のようだが、それにもかかわらず、わたしを非難するというのか？」

ロワ・ダントンはかれに背を向け、

「さあ」と、サラアム・シインにたのむ。「あなたの歌手たちのところに行こう」

歌の師は、なぜテラナーがこの決定をしたのか理解できなかったが、かれにしたがう。

「あきらめるのかね？」かれは、宿営地までの半分ほど行ったところでたずねた。

8

「サラアム・シインがくる」と、トオモアン・タアアン。彼女はケエエン・チャアエルをつかみ、引っぱりあげる。「ひょっとしたら、なにが起こっているのか、わたしたちに説明してくれるかもしれない」

ケエエン・チャアエルは鈍くうめき、高さ二千メートルにまでそびえ立っているテラナー門をさししめす。紋章の印をそなえている先端のふたつの側部が赤々と輝いている。発散する熱のため、まわりの空気がゆらめいていた。

「なにが起こっているのか、いわれなくともわかるよ」と、かれはいう。「終わりに向かっている。テラナー門は崩壊するだろう」

トオモアン・タアアンは答えない。とっくに変化に気づいていて、あれこれ考えていたから。そして、テラナー門の崩壊だけではすまないだろうと予感していた。

「サラアム・シイン！」彼女は、意識を失っている多数のオファラーごしに叫ぶ。「お話ししたいことがあるんです」

歌の師はショックを受けているようだった。何度も触手状の腕を、支えてもらいたいかのように、ロワ・ダントンのほうに伸ばす。

テラナーは立ちどまる。かれらは宿営地の縁にいた。上にはエネルギー屋根が丸天井のようにかかっていて、ふたたび雨が降りはじめていたが、宿営地内には落ちてこない。雨水が屋根から流れ落ちる。

ほとんどすべてのオファラーは地面に横たわっていた。動いているのはきわめて少数だったので、ロワ・ダントンは最初、ほぼ十五万名の死者の前に立っているのかと思ったほどだ。しかし、それから、近くにいるすべてのオファラーがまだ息をしていることに気づく。そのことから、ほかの者たちも意識を失っているだけだと推測した。

「われわれはなにをしたらいいのだ？」サラアム・シインがたずねる。「われわれ、かんたんには撤退できないし、かれら全員をほうっておけない。わたしはかれらに責任を感じている。全員が爆発で死ぬことなど容認できない」

ロワ・ダントンは向きをかえ、テラナー門のほうに目をやる。そこに千名ほどのソム人が集まっているのが見える。かれらの試みは不首尾に終わっていた。種々の器具類を使っても、エネルギー性防御バリアを貫通することができなかったのだ。第一陣はすでに撤退し、グライダーで西の方向に飛び去っていた。

〈逃げたとしてもなんの役にもたたない〉ネットウォーカーは考える。〈ナックがほんとうのことをいっているなら、ほぼ半時間後には、この惑星には安全な場所などなくなる。風が死の灰を惑星全体にひろげ、すべての生物は死滅するだろう〉

＊

アイスクシクサは相いかわらず、門マスターに対する勝利を手中にしていると確信していた。そして彼女はテラナー門の支配権を手にいれるや、自分がシオム・ソムにおける歴然とした力のひとつになることを確信していた。

〈かれらは全員、わたしを尊重しなければならない〉彼女は勝ち誇ったように考える。〈イジャルコルでさえ、決定にさいしては、わたしを尊重しなければならないと認めなければならなくなるだろう〉

彼女は、毒物を投与したナックのまったただなかにいる。かれらは全員床に横たわり、ほとんど生の兆候をしめしていない。しかし、かれらが生きていることは、かれらのからだのあいだで行ったりきたりしながら揺れている多彩な靄《もや》のようなものが証明している。

「おまえたちの脳は活動している」アイスクシクサは大声でいう。彼女は跳びあがり、ドアのところへ行く。「おまえたちのパラ感覚はエネルギー流を受けとめ、それらを変化させ、それらをわたしの計画のなかには挿入するのだ」

彼女は壁に目をやる。液状の灼熱で満たされているように見える。しかし、驚くべきことに砕けない。

壁のなかで、床のなかで、天井のなかで、ぱちぱちめりめりと音がする。

アイスクシクサは大声で笑い、

「なんとばかげたお遊びなの!」と、叫ぶ。「こんなことでわたしに不安を吹きこむなどできない。さ、わたしのところにいらっしゃい。わたしにあなたの力を見せ……もしできるのであれば……わたしより強いことを証明してみせるがいい」

彼女の笑い声は壁に反響し、通廊にひろがっていく。

上方のどこかでめりめりと音がし、それから反重力リフトあるいは下に通じている空洞で、なにかが墜落した。

彼女は甲高い声で笑う。

「はったりをかましているのね、門マスター。こんなことでわたしを驚かせることはできない。もっとましなことを考えなさい」

エネルギーらせんが何名かのナックの上で形成され、アイスクシクサに向かって投げられ、彼女をとりまき、強度を増し、ナックに投げ返される。エネルギーらせんはそこで赤みを帯び、こんどは女ガヴロン人に向かっていき、彼女の上でさらにすこし赤くなり、またナックのところにもどり、真紅になる。

アイスクシクサは成り行きを観察していて、しだいに自分が現実的な危険にさらされていることを認識した。急に自信がなくなり、ひょっとしたら門マスターはほんとうのことをいっていたのではなかろうかと自問する。

「いいえ」と、彼女はつかえながらいう。壁から放射される熱を逃れ、数歩通廊に入っていく。「そんなことはない。力を持っているのはわたしであり、かれではないんだから」

しかし、いまやなにかが変わっていた。彼女は自分が赤い靄にかこまれているのを見る。それは自分とナックのあいだで湧きたち、ますます赤く濃くなっていく。彼女は非常にはっきりと、緊張が高まっていくのを感じ、テラナー門の爆発が近づいているのだといきなり理解した。

麻痺したように、彼女はつっ立ったままでいる。脚はもはやいうことをきかない。ゆっくりとしゃがみこみ、考えられないような思い違いをしていたことを認識する。彼女は、毒物を使えばナックのなかに呼び起こしたプシオン性の力を意のままにできると信じていた。しかし、状況はとっくにコントロールできないものになっていた。

〈ほんとうに門が爆発するんだわ〉と、彼女は考える。〈わたしはなにもかもまちがっていた〉

「門マスター!」と、彼女は叫ぶ。「聞こえている?」

彼女は数秒待つ。すると、エネルギー霧のまっただなかに一ナックのホログラム映像が生じる。アイスクシクサはプシ毒物を投与されたナックの上方で黒い炎が舞っているのを見た。ナメクジ生物はもはや生の兆候を発していない。

「門マスター！」彼女はあらためて叫ぶ。

「わたしになんの用だ？」プロジェクションから響いてくる。

「わたしが間違っていたわ」彼女のずっと上のほうでみしみしと音がし、紋章の門が土台まで震えている。

「話し合いましょう。わたしは門が爆発することを望んでいない。わたしたち、なんとか活路を見つけなければ」

「もう手遅れだ」と、門マスター。「こうなっては門が救われる方法などない」

アイスクシクサは、氷のように冷たい戦慄が走るのを感じた。ようやく、自分がいかなる災《わざわ》いを引き起こしたのかを理解したのだ。

「門はほんとうに爆発してしまうの？」

「もう阻止できない」

「では、わたしは死ぬの？」

「われわれ全員が死ぬことになる。この惑星のだれひとりとして生きのこれないだろう」ナックの声は冷ややかで無感情だった。ナメクジ生物にとっては、自分の命が数分後に終わることは、たいしたことではないように思われた。

「いやだ」美しい女は恐怖で叫んだ。「わたしは死にたくない!」

彼女は跳びあがり、燃えるような暑さにもかかわらず通廊を通ってもよりの反重力リフトへと駆ける。なにも考えず、彼女はなかに跳びこんだ。

リフトのなかには、もはや支えとなる反重力フィールドはなかった。

アイスクシクサは石のように深淵へと落ちていった。

＊

「ほんとうにもうおしまいなの?」トオモアン・タアアンがたずねる。彼女はケエエン・チャアエルを自分のところに引きよせ、かれの頭をやさしくなで、かれにとても好意を感じていることをしめす。

ロワ・ダントンは答えない。いまや彼女は完全に若いオファラーのほうを向いている。

「へんなことばかりいって、ごめんなさい!」彼女は悲しげに歌う。「あなたの感情を害したのなら、悪かったわ。わたし、悪気《わるぎ》があっていったんじゃないのよ」

「気にしないでいいよ」と、かれは答える。「あなたのばかなコメントが、わたしがいまいちばん気にかけていないことだから」

白い閃光が紋章の門の先端のふたつの翼部から音をたてて射出された。それらは森のなかに撃ちこまれ、たくさんの木々に火をつける。紋章の印の一部は深淵に墜落した。

「まだひとつだけチャンスがある」と、サラアム・シインがいう。

「チャンス?」ロワ・ダントンが驚いてたずねる。「どんな?」

「われらオファラーは歌わなければならない。ひょっとしたら門を引き裂くプシ嵐をなんとかしてわきへそらせることができるかもしれない。うまくいけばエネルギーを中和できるかもしれないし、あるいは爆発が起こらないようにおさえこむことができるかもしれない。いずれにせよ、われわれ、やってみなければならない」

かれはぐるりと向きを変え、オファラーたちの注意が自分に向くようすべての触手をあげ、歌いはじめた。最初は、なんの効果もなかった。しかし、トオモアン・タアアンとケエエン・チャアエルがくわわる。その声は、いままで力なく地面に横たわっていた何名かのオファラーの注意をひく。かれらは起きあがり、メロディを合唱する。

ロワ・ダントンは地面に横たわっている多数のなかに走りこみ、両手でオファラーたちをつつき、

「さ、歌うんだ!」と、大声でいう。「いっしょに歌うんだ。もっと多くが歌わねばならない。もっとずっと多くが。何千もが声をあわせなければならない。そうすれば、きみたちはプシ・エネルギーをおさえこむことができるだろう」

歌声はますます大きく力強くなり、ますます多くのオファラーを活気づける。多くの

歌手がロワ・ダントンによってはげまされ、まもなく百名以上の歌手がサラアム・シインといっしょに歌う。かれらの力強い声は真の雪崩《なだれ》現象を引き起こす。わずか数分後には、千名をこえるオファラーが立ちあがって歌っていた。それが一万名になり、その数が二倍になり、三倍になった。

オファラーの合唱はほかのあらゆる物音を圧倒し、プシオン性エネルギーの不可視のインパルス波が紋章の門へと押しよせた。大気は震えているようだ。法典守護者ドクレドとライニシュはソム人たちととっくに逃げていた。

ロワ・ダントンは目をこらして、ほのかに微光を放つエネルギー・フィールドがテラナー門のまわりに形成されるのを観察した。それが密になるのに合わせるように、門の先端の翼部が色あせていった。

「うまくいっているぞ」と、テラナーが歌の師にいう。なんの反応もないが、だからといってじゃまにもなっていない。「あなたたちはほんとうにやり遂げている」

歌手の数はますます増えていく。意識を失っていた多くの者たちが目ざめ、この戦いがかれらにとってきわめて重要であることを理解する。かれらは……まだそうする力がのこっている者は……立ちあがり、そして歌う。

ほぼ十万名のオファラーが合唱に参加したとき、テラナー門はふたたび完全に正常に見えた。微塵《みじん》も変化しなかったかのように。

ロワ・ダントンは門に向かって歩く。そしてサラアム・シインもくわわり、

「ロムボクのオファラーも歌っている」と、報告する。

「それは重要なのか？」

「とても重要だとも」歌の師が朗々と歌う。「われわれはプシオン性エネルギー・フィールドを中和しただけではなく、ふたつの門がしばらくのあいだブロックされたままであるようにした」

「では、ライニシュはオファラーをほかのところに送ることはできないのだな？」

「断じてできない。かれらはとどまらねばならない、そしてかれらはわれわれの意のままになる。われわれが最初から計画したように」

ロワ・ダントンは安堵の吐息をつく。

「では、われわれには、生命ゲームをわれわれが最初に計画したように演出できるチャンスがある」

「まさにそうだ」サラアム・シインは笑う。

かれらが紋章の門に到達したとき、ホログラム映像が出現した。最初、それはこのようなやり方でかれらに対抗しようとしているライニシュだと思った。しかし、そこにいたのはパーミット保持者ではなく、門マスターだった。

「恐ろしいことは阻止された」と、かれは告げる。「歌声が爆発を阻止した。われわれ

が、ふたたび操業を開始することができるようになるには、もうしばらく時間が必要だ。仲間の四十名以上が死んだ。かれらはアイスクシクサによって殺されたが、彼女も命をおとした」

ホログラム映像は色あせて消えた。

「これでも充分だろう」サラアム・シインは断言するように歌う。「もはやここでやることはない。ライニシュを無力化できた。さしあたり門は操業できないのだから、かれはパイリアから動けない。かれにできることはなにもない。つまり、われわれはパイリアを去ることができる」

「待機しているネット船にもどり、ちょっとロムボクを見てまわり、それからシオム星系にもどろう。カウントダウンははじまっている。生命ゲームはまもなくはじまるだろう。そして永遠の戦士はいますぐにも到着するだろう。かれがきてエスタルトゥに関する最新のことを伝えるのであれば、われわれはその場に居合わせるべきだ」

＊

衛星キュリオを興奮したせわしない状況が支配していた。地下に設置された基地には、シオム・ソムのあらゆるところからきた知性体がひしめき合っていた。

ロナルド・テケナーはロワ・ダントンといっしょにちいさなバアにすわり、ビールを飲んでいた。そこへサラアム・シインが入ってきて、かれらの隣りにすわる。

「惑星ソムの王の門の前に何十万もの群衆が集まっている」歌の師が報告する。「ニュースステーションは、イジャルコルがいますぐにも到着しそうだと伝えている」

ロワ・ダントンはうまそうにビールを飲みほす。

「つまりあなたは、かれが持ってくる情報を直接知るために、われわれはこの衛星をはなれ、ソムに行くべきだと考えているのか？」

「まさに、そういうことだ」と、サラアム・シインが歌う。「われわれ全員が知っている。かれが惑星エトゥスタルに行ったのは、エスタルトゥがもはやそこにはいないという噂がほんとうかどうかを明らかにするためだということを」

「で？　イジャルコルについてなにが聞けた？」銀河ギャンブラーがたずねる。

「永遠の戦士は凪ゾーンの縁の一惑星で休みをとり、王の門を通ってソムへもどる予定だと伝えてきた。かれを迎えるための大々的な準備で、ソムは文字どおり上を下への大騒ぎで、そこに住む古参兵たちはイジャルコルをひとめ見るのが待ちきれないようすだ。その間にイジャルコル以外の永遠の戦士たちもすでに到着した」

ロナルド・テケナーもグラスを飲みほし、

「われわれ、これ以上長く待つべきではないだろうね」と、提案する。「さもなければ、遅刻してしまうかもしれない」

両テラナーと歌の師は立ちあがり、バアをあとにする。壁でスクリーンが明るくなり、シオム・ソムの最大の紋章の門、つまり惑星ソムの王の門をうつしだす。

それは金色の合金でできた先っぽが六つある星形の施設だ。王冠のようにそれはソムの特徴的な泥でできたような建築物から突出している。基礎部分は最大直径四キロメートルほどで、高さは千五百メートルある。その上に高さ五百メートルの塔がそびえ立ち、その上にひっくりかえったピラミッドが悠然と鎮座している。このピラミッドの側面には、第三の道のシンボルである三角形のなかに三本の矢が描かれた紋章の印がある。

王の門は通常ほかのすべての二千の紋章の門と結ばれている。だがいまは……歌の師と両テラナー以外はほとんどだれも知らないことだが……遮断されている門があった。すくなくともパイリアとロムボクの門には通じていない。

それは、百十五万光年以上はなれたアブサンタ＝ゴムとアブサンタ＝シャドの重複ゾーン、超越知性体エスタルトゥの居所があるいわゆる〝暗黒空間〟にも接続している唯一の門だ。

星形の土台の上に何十万と集まっていた。群衆のまっただなかに多数の店が立ちならび、種々の品物と娯楽が提供されていた。

群衆の上方には、帰還という出来ごとをレポートすべく、テレビ局のロボット設備をそなえた何ダースもの反重力プラットフォームが浮かんでいる。

「ほんとうにその時が迫っているようだな」ロワ・ダントンは惑星ソムへと移動できるテレポート・ベルトをとってくるためにバアをあとにしたときにそういった。

数分後、かれらは群衆のまっただなかにいた。そして、まさにかれらはちょうどよいときに到着したようだ。群衆がとてつもない興奮にとらえられていた。

「なにが起きたんだね？」サラアム・シインは、よく見えるようファストフードの屋台の屋根によじ登っている一オファラーにたずねた。

「何名かの進行役がすでに到着しています」かれを歌の師だと認識したオファラーはうやうやしく答えた。

「つまり、イジャルコルには四十八名の進行役が同行している」と、やきとりを食べている一ガヴロン人が大声でいう。食べるのに少々苦労している。明らかに肉がとてもかたいのだ。

「ということはつまり、四十七名がこれまでエトゥスタルにいたということを意味する」と、ロワ・ダントンがコメントする。

「そのとおり！」と、ガヴロン人が確認する。ようやくかれは肉をいくらかのみこむのに成功した。かれはどうしたものかと、まだ手に持っているすくなからぬのこりに目をやった。しかし、もう食欲は失せていた。かれはそれをむぞうさに投げ捨てた。「こうなることになってたんだろうな」

歌の師と両テラナーは、おそらく永遠の戦士イジャルコルがあらわれると思われる門の出入口がよく見えるところまでさらに前へと進む。

進行役も永遠の戦士もなにも見えない。

「われわれは、ようやくエスタルトゥに関してなにかわかるんだ」一ソム人が大声でいう。かれはすこしでも高い位置を得たいと思ったのだろう、両足にちっぽけな反重力プロジェクターを貼りつけていた。しかし、ほかの見物人たちはそれを許しがたいことと考え、視界が妨げられないように、かれのちいさな装置を粉砕した。

突然、群衆のなかに動きが起こったように思えた。そして、なにも起こらなかったにもかかわらず動きがとまった。まるで命令されたかのように、全員が王の門を見つめている。数分間なにも起こらなかった。唐突に、進行役のひとりが門から出てきた。

「あれはスロルグだ」ロナルド・テケナーのそばでだれかが小声でいう。

「イジャルコルがいる」ほかの者が主張する。「かれがくる」

すぐに一ガヴロン人のホログラム映像が王の門の前にあらわれる。投射されている姿は高さが五十メートルほどあり、うまく調整されていない。なぜなら人物の頭が胴体の横で浮遊しているから。

笑い声が起こる。

「あれはたぶんジョークにすぎないだろう」一ガヴロン人が推測する。

それから、甲冑《かっちゅう》を身にまとったイジャルコルがあらわれた。

それはむしろ、永遠の戦士の外観をだれにもなにも認識されないような、一種の空飛ぶ要塞だ。赤褐色の材料からつくられていて、高さ三メートル、そしてその底面もほぼ直径三メートルあった。無数の瘤《こぶ》や窪《くぼ》み、アンテナに似た構造物をそなえた、太すぎるボウリングのピンのような印象を受けた。

サラアム・シインと両テラナーは、この甲冑がほとんど無敵の戦闘マシンであり、完全な幻覚マシンであることを知っている。イジャルコルはこれを使って、紋章の門のように高いものであれ、シガ星人のようにちっぽけなものであれ、希望するどんなホログラム映像でも投影できる。

しかし、いまかれは、プロジェクションを制御するのに苦労しているようだった。かれはそれをプテルスの投影図で試みているが、うまくいかない。像は、詳細が認識できないまま流れ去った。

「調子が悪いようだね」ロナルド・テケナーが確認する。

「たしかに、かなり調子が悪そうだ」ロワ・ダントンがいう。

空飛ぶ甲冑はゆっくりと王の門から出てくると、すぐに停止したままになり、突然、地面にかちゃかちゃと音をたてて倒れた。それからまた、かちゃかちゃと音をたてながら数メートル前に進み、ふたたび空中に立ちあがった。

天をさししめす三本の矢のプロジェクションが甲冑の上方に生じたが、それも数秒とどまっただけで、消えた。

「かれは分別を失ったのか？」ロワ・ダントンはささやく。「あんなみっともないパフォーマンスでは、見物人に感銘などあたえられないのは知っているはずだが」

「しかもゲームの前夜に」サラアム・シインは触手を頭にあげる。かれは、永遠の戦士のふるまいをどう評価すべきかわからない。

群衆は騒然としてきた。長すぎるほどの日数、かれらはイジャルコルの帰還を心待ちにしてきた。再三再四かれらはイジャルコルのミッションに関する噂を耳にした。いまこそかれの口からじかに、超越知性体がどうなっているのか聞きたかった。

「イジャルコル、早く話してくれ！」一ガヴロン人がもとめる。かれもやはり屋台の屋根によじ登っていた。興奮して永遠の戦士に合図を送る。イジャルコルのぶざまなパフォーマンスが引き金になって、この要求をさせたのだ。

何名かのソム人がかれの言葉をとりあげ、それを合唱でくりかえす。

「どうしたんだ？」一エルファード人がたずねる。「なにかがおかしい」

「ひょっとしたらイジャルコルは甲冑のなかにいないのか？」一オファラーが疑念を述べる。

「そんなわけはない」と、中年のガヴロン人が大声でいう。「だとしたら、進行役たちがそれをわれわれにいうだろう」

　大部分の見物人は、イジャルコルが甲冑から出てきてみずからの姿を見せるだろうと期待していた。しかし、失望させられた。

　鋭いブーイングが鳴り響く、それから王の門の前がしずまりかえった。なにも起こらないまま数秒がすぎた。それからイジャルコルがとぎれとぎれの声で明言した。

「噂は真実だった。エスタルトゥは、ここにはもはやいない！」

永劫の洞窟

ペーター・グリーゼ

登場人物

ケラ＝フア＝ザタラ……………………近未来を見ることのできる女性植物
ジェオ………………………………パイリア人の隠者
ロワ・ダントン………………………ローダンの息子
ロナルド・テケナー…………………あばたの男
サラアム・シイン……………………オファルの合唱団の歌の師
ライニシュ……………………………侏儒のガヴロン人。ハトゥアタノのリーダー

1

「もうひとつ話をしておくれ、ちいさなケラよ！　もうひとつ、そうすればわたしの時間が、宇宙の血管をより速く流れていく！」

　わたしは愛くるしい植物に、とてつもなく大きな複眼で羨望の眼差《まなざ》しを向けるが、ケラ＝フア＝ザタラは氷の沈黙を身にまとっている。数日前からこんな状態だ。水と栄養剤で充分に世話をしているので、問題はないが。

　ケラ＝フア＝ザタラがしょっちゅう個人的な沈黙状態におちいることには慣れていた。そのときは地獄の責め苦を味わいつくすことにしている。そうする以外に、〝永劫の洞窟〟ではちょっとした気分転換をはかる方法がない。彼女はわたしの孤独のなかの唯一の生物だ。わたしは自身が孤独を選び、非常に長く維持していたため、どれだけの昼と夜を〝永劫の洞窟〟ですごしたのか、もはやわからない。

「ちょっと過去に、重大なことが起きています」と、ケラ＝フア＝ザタラ。「ちょっと未来に、もっと重大なことが起こります」

彼女には、ときおり飾るように表現する癖があった。

「重大なこと？」彼女がさらに言葉をつづけてくれるかと思って訊いてみたが、こんどもまた暗い花の蕾《つぼみ》のまわりを沈黙のマントでつつみ、わたしはひとりで考えるしかなかった。

とはいえ、ケラ＝フア＝ザタラのことがよくわかる。彼女が重大だとみなしている出来ごとのすべての流れをとりこむために、いまは集中したいのだ。シオム星系外でわたしにとって重大なことというのは、ケラ＝フア＝ザタラがわたしに話してくれることにしかない。

「シオム星系外の出来ごとも話しています」と、彼女はちょっと不機嫌に伝えた。

ということはつまり、わたしの思考に耳を澄ませていたんだな！

わたしは彼女の感覚が理解できない。大勢のパイリア人にかこまれて一パイリア人として生きていたころでさえ、そのようなものはなかったからだ。ケラ＝フア＝ザタラがときおりしずかに、わたしの個人的な熟考に追随するのは不快ではなかった。

わたしにはかくしだてするようなことはなにもない。わたしは、多少とも自身で選択した存在としてイジャルコルという名のみすぼらしい衛星で生きている、パイリア人の隠者だ。わたしはこの生き方が気にいっている。そのことで戦士イジャルコルに感謝しなければならない。かれははるか遠い昔、わたしをパイリアから連れだし、ここで解放したのだ。それでもわたしは恒星ザートラの光をけっして忘れることはない。一方で恒星シオムの輝きは消えかかったろうそくの火のようだ。

「紋章の門が倒れるでしょう」と、ケラ＝フア＝ザタラがささやいた。

彼女はいまわたしの注意を引こうとしたのか？　わたしは紋章の門などに興味がない。わたしの人生には、わたしと〝永劫の洞窟〟しかない。それと、ケラ＝フア＝ザタラ。彼女は話し、考え、感じ、語り、そしてわたしができる以上に知覚することができる奇妙な植物だ。

ケラがどこからきたのかわたしは知らない。彼女は近未来をすこし見ることができる。おそらく彼女自身もはやそのことがわからなくなっていて、話さないのではなかろうか。

〝紋章の門が倒れる〟と彼女はいった。彼女はちょっとだけ先のことをすこし見ることができる。わたしにはできない。わたしは、どんな文明からも遠くはなれた地に住むことが許された、老いたパイリア人にすぎない。

遠くはなれた？　イジャルコルの宮殿はほとんど叫べばとどくくらいのところにある。イジャルコルが自身の宮殿と衛星の上方につくったエネルギー性構造物は、わたしの生活をも保証している。おかげでわたしは生きている。〝永劫の洞窟〟にはたくさんの植物が繁茂し、いい空気がある。

植物？　ケラ＝フア＝ザタラは植物だ！　わたしの食物として役立つ植物もある。隠者といえども食物が必要なのだ。

「あなたは夢想に耽《ふけ》っている、老人よ」と、ケラ＝フア＝ザタラ。「重大なことが起こっています。そして、わたしはわたしの子供たちを見つけられないでいます」

「どうしていまきみの子供たちのことを話すのだ？」長いあいだ彼女がこのテーマで話すことがなかったので、わたしはすこしばかりとまどった。

「わたしの子供たちは重大なこととはなんの関係もありません、老いたパイリア人！重大なことが起こります。それは、力の集合体エスタルトゥにとってとても重要です。時代は新しいルールに従属することになります」

彼女はまた奇妙でシンボリックな話し方をした。そしてわたしは今回それを理解するのにかなり苦労した。

「ちょっと未来のルールは多くのよきことを約束します」やさしい風が彼女のからだを愛撫したかのように、青い花の頭が軽《かろ》やかに揺れた。「でも、ひどいことも約束します。ひょっとしたらわたしたちが変化に巻きこまれるのはいいことかもしれません。あなた、ジェオ、そしてわたしが」

彼女がわたしの名前を口にするのは非常にまれだった。彼女がわたしには理解できない感覚で、重大なことの手がかりをほんとうにつかんでいるのではないかと、わたしは予感しはじめた。

「ちょっと未来におけるいちばんささいな変化は」と、彼女はつづける。「わたしがもう生きていないということです。老いたパイリア人、これはあなたにとって痛ましく聞こえるかもしれないけれど、わたしはとっくに、ファカッガチュアとコマンザタラに二度と会えないことを受け入れています」

わたしはファカッガチュアとコマンザタラがだれなのかわからなかったが、ケラ＝ファ＝ザタラが自分自身の死を見たのだと理解した。

「見たのではありません」と、彼女はいう。「体験したのです。それが起きるのは明後日か、あるいは数日後のことか。それはほんとうにたいしたことではありません、ジェオ。わたしがファカッガチュアとコマンザタラについて話すとき、わたしはわたしの子供たちについて話しているのです」

「きみに死んでほしくない」それ以上はなにもいえなかった。奇妙な考えがわたしを捕らえた。ケラ＝ファ＝ザタラはなにかを知っている。だが、その重要な部分に関しては沈黙を守っていた！

「意志は大きな違いを生みます」彼女はしずかに答えた。「なにが起こるかは、関係者全員の意志によって決まります。ある者が死と呼ぶものが生である可能性があります。

誕生と死は同じです。どちらも存在の枠を形成します。わたしのなすがままにさせてほしいのです。わたしの死はあなたの生よりも自然なものになるでしょう、ジェオ」

彼女の言葉でわたしの心は深い傷を負った。わたしは黙らなければならなかった。わたしたちが最初に出会ったときの思い出がはげしく燃えあがった。ケラ＝フア＝ザタラのあらたな沈黙が、回想へとかき立てた。暗青色の花の頭が〝永劫の洞窟〟の薄暗い光のなかに浮かびあがり、それに逆らうものなどなにもないことを証明するかのようだった。

それでもそれはまったく別物のように見えた。回想はわたしを過去に引きもどした。回想は現在の一部を奪いとる。そして、死の痛ましい後味。ケラ＝フア＝ザタラの死。

回想がはじけ、現在と混じり合った。

「あなたはまやかしの夢を見ている」と、ケラ＝フア＝ザタラ。「わたしはまことの夢を見ている」

＊

何年も前のことだ……

戦士きどりのぎょうぎょうしい態度で、第三の道や超越知性体を称しているエスタルトゥに関してむだ口をたたくイジャルコルを、わたしは憎んでいた。わたしは若くて行動的だった。わたしにはわたしなりの意見があった。それは永遠の戦士の意見とは相い容れないものだった。それはわたしにとってはどうでもいいことだった。パイリア人はパイリア人だ。

それとも違うのか？　わたしの兄弟たちは法典イデオロギーと永遠の戦士のあとを追いかけた。わたしはそうしなかった。それでわたしはアウトサイダーの烙印《らくいん》を押された。しかし、わたしには〝内なる平穏〟があったので、わたしは強かった。そして、イジャルコルはそのことでなおわずらわされることになるだろう！

当時、友が何名かいた。かれらはわたしをリーダーに選んだ。わたしは義務を感じた……が、光栄とは考えなかった。むしろ荷が重いと感じた。

そこに永遠の戦士イジャルコルがやってきた。かれはわたしの友たちを人生の記録から消し去った。だが、わたしのことは消さなかった！

「きみが必要だ！」と、戦士はいった。

「わたしにはきみは必要ない！」と、わたしは答えた。

それに対するかれの返答はなかったが、かれはわたしを下僕として連れだした。それにあらがう方法がわたしにはなかった。かれがわたしを欲している理由をわたしは知っていた。わたしにはあってかれにはないもの……〝内なる平穏〟……を、わたしは持っていた。

わたしは〝内なる平穏〟を通して一度イジャルコルの命を救ったことがある。幸運だった。このことがあったおかげでわたしはまだ生きているのだから。法典は、人生という舞台からわたしをただ単純に一掃することを戦士に禁じた。しかし、パイリアにもどることも論外だった。

永遠の戦士はわたしを〝永劫の洞窟〟の孤独のなかに、戦士と同じ名を持つ衛星イジャルコルの迷宮の孤独のなかにわたしを解き放った。青白いキノコ、薄明かり、じめっとした壁、そして弱々しい植物が生えている洞窟迷宮。

植物！

大きな果物はどれもわたしにとってはごちそうだ。パイリアの隠者とはいえ、なにか食べるものがなければならない。

わたしは飢えていた。アリと呼ばれる昆虫の子孫……のちにケラ＝フア＝ザタラによっていわれたことだが……であるわたしのからだはからっぽだった。ある暗い夜、わたしは彼女……ケラ＝フア＝ザタラ……を発見した。わたしは彼女を認識できなかったが。

そのとき、彼女は、〝永劫の洞窟〟……イジャルコルがわたしを解き放った永劫……のもっとも奥深い領域の岩壁に、はるか昔から生えていたのだ。わたしは空腹だったし、これより大きな植物を見つけられていなかった。〝永劫の洞窟〟での生活は貧しいものだったのだ。

わたしは岩塊から植物を引き剝がした。「あっ！」と、いうかすかな音がした。だがわたしはその音に特別な意味があるとは認識しなかった。

〝永劫の洞窟〟第三層にあるわたしの居住洞窟では火が燃えている。ちいさな平鍋はさっきの植物で満杯になるはずだ。わたしは満腹になるだろう。満腹に！

疑問がいくつも湧いた。根っこも食べられるだろうか？　暗青色《あんせいしょく》の花の蕾はまちがいなく食べられる。しかし、金銀線細工のような、とても硬い、そしてどうみたって貧弱な根っこはやめておこう。

それよりも、上方でふたつの球をひろげている茎のほうにそそられる。

火は燃えていて、平鍋の水はふつふつと沸《わ》きはじめた。

「めしあがれ！」と、植物がいった。「そして、わたしの子供たちによろしく伝えて。お願いね、ジェオ、老いたパイリア人よ！」

食べようとしていた植物が話ができるのだとわかり、ぎくりとした。まるであらたにイジャルコルの精神的脅迫にあっているかのようだ。

手を振ると、沸いた湯の入った平鍋が消えた。

「ケラ＝ファア＝ザタラには冷たい水を」と、わたしには聞こえた。

わたしは冷たい水を汲《く》んできた。

「ケラ＝ファア＝ザタラってのは、わたしのことよ、ジェオ」

わたしは彼女をふたたび植えて、水をそそいでやった。空腹は忘れてしまった。ケラ＝フア＝ザタラにすっかり魅せられていたからだ。彼女が元気を回復するにはすこし時間が必要だった。それから彼女はまたわたしに話しかけてきた。

「感謝します、ジェオ。命を贈ってくれたんですから」

「どういたしまして」と、わたし。「きみはだれなのだ？　どこからきたのだ？」

「わたしはケラ＝フア＝ザタラ。どこからきたのかは、わかりません。すでに久しくここにいます。たくさん眠りました。わたしはわたしの子供たちを探しています」

この情報は、最初、わたしを混乱させた。

その後、彼女は二度と子供たちのことを話題にしなかった。いくつかのテーマはタブーだった。わたしはそれを受け入れた。〝永劫の洞窟〟の孤独のなかで話し相手を持てることのほうが、大きなしあわせだったから。

しかし、ケラ＝フア＝ザタラは、この点でもわたしを失望させることがしばしばあった。数百日間沈黙することもよくあったのだ。そういうときは、なんとか彼女から言葉を引きだそうとするあらゆる試みが失敗に終わるのだった。

わたしの思考はふたたび、彼女がいまや長くわたしとわかち合った現在にもどる。

＊

彼女はまことの夢を見ることができる。彼女の奇妙な感覚で近くからも遠くからも物事を迎え入れ、それを真実に相応する言葉や物語に紡《つむ》ぐのだ。そしてそれに対する充分な証拠もあたえてくれる。疑いの余地はない。彼女はいつも真実を話しているのだ。

彼女は永遠の戦士の会議とプテルスの宇宙船の到着を見て、それを追跡し、描写した。わたしはそれがもたらした結果のいくつかを〝永劫の洞窟〟上部から自分自身の目で見ることができた。というのも、そこからは永遠の戦士の宮殿のすばらしい眺望が得られるからだ。

しかし、ケラ＝フア＝ザタラは、これらの出来ごとを〝重大〟なこととしては語らない。

彼女はなにかを達成するために、あらゆるデータを集める。ひょっとしたら、ようやくわたしが名前を知ることとなった彼女の子供たち……コマンザタラとフアカッガチュア……と関連しているのかもしれない。その奇妙な名前の響きには、無限に遠い世界の息吹《いぶき》がわたしに触れたかのようななにかがあった。

なぜケラはいま〝重大なこと〟について話すのか、わたしにはわからなかった。おそらく自身の死を予見していたからこの表現を選んだのではなかろうか。他方、自分が死ぬということは、ことさら重視していなかった。

「かれらは〝生命ゲーム〟を準備しています」彼女はなんの脈絡もなくこういった。

〝かれら〟がだれなのかはいわない。

「生命ゲームとはなんのことだ？」と、わたしはたずねる。いつだったかこの名前を聞いたことがあるのだが、なんだったのか忘れてしまっていた。

ケラ＝フア＝ザタラは花の頭をわたしのほうにかたむけた。

「生命ゲームというのは、何千年も前から惑星マルダカアンでオファラーによっておこなわれてきたゲームで、戦士イジャルコルの輜重《しちょう》隊にふさわしい家臣を見つけるためのものです。オファラーにとって生命ゲームは特別な名誉です。というのも、恒久的葛藤の試験に合格すると、永遠の戦士によりこの使命があたえられるからです。力の集合体エスタルトゥの居住者ならだれでも参加できます。異種族であっても参加できます。しかし、参加にはリスクがともないます。敗者は、長期間の賦役に従事したのちでなければ、マルダカアンを去ったり、あらたにゲームに臨むことが許されないのです。勝者になると、ウパニシャド学校への入学が許されたり、あるいは戦士の輜重隊に受け入れられるチャンスを得ます。そしてそれは、すべてのエスタルトゥの居住者にとって、この上ない栄誉なのです」

「わたしにとっては、そうではない」わたしはどうにかケラ＝フア＝ザタラの話に割りこんだ。しかし、彼女は意に介さず話しつづける。

「生命ゲームは、法典に忠実な行動をすれば勝利の可能性が高まるように設計されています。単独のあるいは複数の対戦相手に対する実際的な成功だけが重要なのではありません。審判員は法典に準拠した行動にポイントをあたえます。最初、三ラウンドでゲーム、つまりは戦いがおこなわれ、そのなかで服従の戒律、名誉の戒律、そして戦いの戒律がテストされるのです。個々のゲームがおこなわれる舞台はマルダカアンの各地で、そこをそれぞれのゲーム監督がファンタジー世界に変貌させ、適切に準備されたロボットを配置します。でも、ゲームの参加者はそこにいるのがロボットだとは思わないし、人工的な景観であるとは認識できません」

「かれらはとてもおろかというしかない」わたしは怪訝《けげん》な思いでこうべを振り、口をはさんだ。しかし、同時に思い出していた。はるか昔、イジャルコルがわたしに生命ゲームに参加するよう強くもとめてきたことがあった。当時わたしはそれに応じなかった。

「かれらはおろかではありません」植物は話をつづけた。「ゲームの開始時にオファラーのパラ歌手が登場し、かれらのプシオン性の歌で候補者に影響をおよぼすので、かれらは幻想世界を現実であるとみなし、ゲームで自分たちにあたえられたキャラクターと自分を完全に同一視してしまうのです」

「すべてまやかしではないか」と、わたし。

「特別な選択プロセスなのです」ケラ＝フア＝ザタラがわたしの発言をただす。「わたしはその道徳的評価はしません。永遠の戦士にとって重要なのは有効性だけです。それがあることを疑う者はいません。さて、話をつづけさせてもらいますね、ジェオ。三回の予選ラウンドを勝ち抜いた参加者は決勝に進みます。決勝戦のためにゲーム監督は、ふたつの種族グループの戦いに比肩しうる非常に特別なものを考え出します。予選ラウンドはちいさくて見わたしのきく舞台でおこなわれるし、時間的制約もありますが、決勝ラウンドは大陸規模のエリアをカヴァーしています。また当初から時間的制限をもうけることはありません。意識的にであれ無意識的にであれ、法典にしたがって行動する者のみが決勝に進みます。候補者は成功をおさめるたびに、より性能のいい武器を手に入れるか、あるいは……」

「やめてくれ!」いまや生命ゲームの詳細を思い出したわたしは、ケラ＝フア＝ザタラにいった。そしてわたしは、自分の記憶がなぜこうまで曇っているのかも認識した。生命ゲーム全体を恥ずべき行為だと考え、わたしは意識のいちばん奥のすみっこに押しやっていたのだ。

ケラ＝フア＝ザタラは話すのをやめた。

「ひとつ、わからないことがある」と、わたし。「きみは重大なことが起こるといった。生命ゲームは太古の昔から同じパターンにそっておこなわれているので、わたしはきみの説明を聞いていてもまったく重大なことが見えてこない」

「この生命ゲームはいくつかの点で異なるものになるでしょう」と、しゃべる植物が主張する。「主宰者はふたりになります、ひとりではありません。ふたりともオファラーではありません。エスタルトゥ＝異人のロワ・ダントンとロナルド・テケナーです。かれらはオルフェウス迷宮から自由になりました……だれもがそう思っているように、自力でです。かれらは自分たちの目的をめざしています。しかし、強力な戦士イジャルコルでさえ、それについてはなにも知りません。おそらくかれらは表向き、かれの栄光のために生命ゲームをおこなうのでしょう」

「どうでもいいが、エスタルトゥは自分でサーカスを開催できるだろうに」わたしは無愛想にいう。「ま、わたしにとっては重要なことではない。いろいろ話してくれてありがとう、ちょっとした気晴らしになった。しかし、もうこれ以上はそのことに関してはなにも聞きたくない」

「あなたは間違っています、ジェオ」ケラ＝フア＝ザタラの声がすこしちいさくなっていた。いまやほんとうに元気がないように見える。彼女が死について話していたことをわたしはまたもや思い出した。「ほかにももうひとつ違いがあるんです」

「それにも興味はない」わたしは拒絶した。「べつの話をしてくれないか？」

「ほかにも違いがあるんです」と、彼女はくりかえす。「新しい生命ゲームはマルダカアンではなく、衛星イジャルコルで開かれるんです」

わたしはあまりに愕然として、なにも答えられなかった。ここにきてようやくわたしは理解した、ケラ＝フア＝ザタラが重大なことといった意味が。

「ここで？」喉が絞めつけられるようだ。「ここイジャルコルで？　そしてひょっとすると〝永劫の洞窟〟でも？」

「そうです」と、彼女。「〝永劫の洞窟〟は、最終決戦の中心舞台なのです」

両手が震えた。そしていま、わたしは、ケラ＝フア＝ザタラの恐ろしい死の予感も理解することができた。

2

「もうひとつ話をしておくれ、ちいさなケラよ！」

衝撃的な話を聞かされたショックから立ちなおり、わたしはケラ＝フア＝ザタラについてもっと知りたいと思った。

ほっそりしたからだをゆらゆらと動かしながら、彼女は話した……

＊

さかのぼってもうすこしくわしく話せば、あなたの理解の助けになるでしょう、わたしの老いたジェオ。あなたにとっては、適切な時に、適切な決断をくだせることが重要です。好むと好まざるとにかかわらず、あなたは出来ごとに巻きこまれるのですから、運命とは容赦ないものです。

数日前のこと、永遠の戦士イジャルコルは長い旅からシオム星系に帰ってきました。かれは、エスタルトゥが居所にしている、あるいはしていることになっている惑星エトゥスタルに行っていたのです。イジャルコルはほかの戦士たちに約束していました。力の集合体と同じ名を持つ超越知性体エスタルトゥ、その女主人がまだそこにいるという証拠を、エトゥスタルから持ち帰ることを。ちょっと過去に、ある噂が十二銀河領域を揺るがしていたのです。

その噂というのは、〝エスタルトゥはもうここにはいない！〟というものです。

イジャルコルの目的はこの噂を払拭《ふっしょく》することにありました。かれだけではなくほかの戦士たちもエスタルトゥがまだいるという説得力のある証拠を望んでいました。

永遠の戦士イジャルコルが故郷に帰ってきた。旅に出なかった戦士十名が、かれの凱旋をソムの〝王の門〟で出迎えました。十名の戦士です、ジェオ。というのも戦士のひとり、ムウンのペリフォルは番人の失われた贈り物を搭載した大艦隊をひきいて、天の川銀河という名前の遠方の銀河に向けて出発していたため、エスタルトゥにはいませんでした。

イジャルコルを出迎えるレセプションは念入りに準備されました。イジャルコルが簡潔に「エスタルトゥはもうここにはいない！」と、言明したので、永遠の戦士たちの望みは大きな打撃を受けました。

噂と真実が一致するものだったのです、戦士たちがどれほどのショックを受けたか、あなたには想像できないでしょうね、老いた隠者よ。報告はさらにつづきました、エスタルトゥは保護されるべき者たちを恥知らずにも見捨てた、と。

永遠の戦士たちは頭の痛い問題に苦労しなければならず、すでに出発前には水をさされた状態でした。十二名のプテルスがイジャルコルの宮殿にあらわれ、戦士たちを告発していたのです。そして戦士の会議が終わるまで参加しました。そのときすでに、肉体的にはちいさなプテルスが進行役として戦士たちの指導役となることが、明確になったのです。

さらにイジャルコルはエトゥスタルから連れてきたんです。つまり、四十七名のみずからを進行役と呼ぶさらなるプテルスを。戦士に個別に割りあてられた奇妙な同行者がここ衛星イジャルコルに五十八名いることになります。くわえて、十一名の戦士。かれら全員がイジャルコルの宮殿に引きこもり、一日前から密閉されたドアの向こうで会議をしています。

会議はきびしく隔離されていただけではなく、これまでになく高いレベルの機密保持がなされていました。戦士は会議に個別の助言者をともなうことさえ許されていません。だけどご心配は無用です、ジェオ。わたしはいまでもそこでなにが起きているか充分に知っているのです。宇宙の精神的な流れがわたしに触れるとき、わたしに秘密にされることなんてほとんどなにもないのですから。

生命ゲームは目前に迫っていますが、そのことは戦士の会議にとってはまるで重要ではありませんでした。重要なのはすくなくとも最後の三十時間で、そこで議論されるのはたったひとつのテーマ、消えたエスタルトゥに関してです。しかし、ここにいたっても、戦士たちは意見の一致を見ることができませんでした。かれらの不安感はとてつもないものでした。

半時間前に秘密裡《り》の議論が中断され、戦士たちはそれぞれの居住領域に退きました。もちろんわたしは、すべてを一度にこっそり聞きとることはできないけれど、だれに着目すべきか知っていたので、そうする必要もありませんでした。

ふたりのエスタルトゥ＝異人のことをおぼえていますか、ジェオ？　わたしがさっき話した生命ゲームを主宰するふたりのことです。

わたしがいっているのはロワ・ダントンとロナルド・テケナーのこと。ふたりは自分たちのことをテラナーともいいます。かれらがなにを計画しているのか、わたしには見抜けません。ただし、実のところ、戦士に敵対する行動をとっているんじゃないかと感じられるのです。イジャルコルはかれらの願いを聞き入れて生命ゲームの主宰者にしました。異人であるふたりにとってのリスクはかなりのものです。でも、ふたりは真の考えを完璧なまでにつつみかくしています。

ロワ・ダントンとロナルド・テケナーは、つい最近まで衛星キュリオにいましたが、戦士の同意を得て衛星イジャルコルに移動しました。いまは宮殿のすぐ近くにある特別室を占有し、そこから秘密通路を通ってミーティングルームや会議室、ならびに戦士やその随行者が宿泊する施設に出入りしています。

　永遠の戦士の助言者のなかにはエルファード人がひとりいます。名前をロットラーといい、女戦士スーフーのために働いています。これはすくなくとも表向きにつくっている印象で、実際には助言者ロットラーは永遠の戦士の敵対者、いわゆるネットウォーカーと連携しています。この組織がどういう目的で活動しているのかは訊かないでくださいね。わたしにはわからないんですから。どんなにがんばってもそれ以上の情報を得ることはできませんでした。

　女戦士スーフーは会議の合意にしたがわなかったんです。それどころか重要事項に関する情報をロットラーに教え、アドバイスをもとめました。エルファード人は自制するよう勧めました。そしていまかれは人目を忍んでイジャルコルの宮殿の秘密の通路を抜け、ふたりのテラナーのもとに行く以上に緊急なことはないと考えています。

　ロットラーがネットウォーカーの同盟者であることを、すでにロワ・ダントンとロナルド・テケナーは知っていました。ほかにもこの秘密組織に協力する者がいるけれど、それがどういう人物なのかわたしはまだあまり知りません。名前をサラアム・シインといいます。どうやら重要な情報を持った人物のようなので、かれのことは気にかけようと思ってます。

ふたりのテラナーの考えをとらえることができません。かれらの言葉もわたしには閉ざされています。でもロットラーが急いで話しかけているのが聞こえます。サラアム・シインはそこにはいません。

ロットラーがいってます。

「時間があまりないのだ、わが友たちよ。だがきみたちに知らせておかなければならない重要な事実がある。戦士と進行役は審議を中断した。女戦士スーフーが教えてくれたことによると、テーマはたったひとつ、つまり消えたエスタルトゥについてだった」

プテルスたちが強くいいたてたそうです。エスタルトゥがいなくなったことなどは些《さ》事《じ》にすぎないと、十二銀河のすべての公けの場において表明すべきだと。どうかしているとしかいいようのないこんな主張が進行役によってなされました。エスタルトゥが惑星エトゥスタルにいないのなら、ほかの場所にいるのだろうということだ、と。さらに、エスタルトゥは自分の臣下が法典に忠実かどうかを確認したいので、目下のことがらから引きこもりたいのだろうと主張したのです。新しいスローガンのきわめつきはスロルグから発せられました。かれはいいました。

〈われわれ、プテルス種族出身の進行役はエスタルトゥの正統な継承者だ。戦士の権威はこの継承者によって認められている。したがって超越知性体がなおエトゥスタルにいるかいないかは問題ではない〉

そのとき、ロワ・ダントンがわたしにはわからない質問をしました。そしてエルファード人は答えました。

「いえ！　イジャルコルが連れてきた四十七名の進行役は、イジャルコルがエトゥスタルで捜索する以前に、すでにエスタルトゥの失踪に関してなにか知っていたかどうかについては、なにも意見を述べせんでした。スーフーは、その件に関しては疑問は持っていません。彼女は永遠の戦士のだれに劣らず動揺しています」

次に質問したのは、ロナルド・テケナーでした。時間がないので、ロットラーは急いで答えました。疑惑を抱かれることのないように、女戦士のもとにもどらなければならないのです。

「生命ゲームに関してはまたのちほど話しましょう。わたしはあなたたちに準備をつづけるようアドバイスします。そうできる状況になりしだい、知らせますから。いまはもう行かねばなりません」

かれら……エルファード人ロットラーと衛星イジャルコルで生命ゲームを主宰するふたり……は別れました。女戦士スーフーの助言者はひそかに居所にもどりました。それをかれはとても巧みにやってのけました。みちみち、なれるものなら自分もネットウォーカーになりたいものだと考えていました。

かれはネットウォーカーではありません、ジェオ。そしてわたしには、かれが将来そうなっているところは見えません。

ロワ・ダントンとロナルド・テケナーは話し合いました。ですが、かれらが考えていることはわたしにはわかりません。かれらはそこにいます。かれらは強い。実現への切望に満ちています。そのことが、わたしは、わたしにふたりの子供……ファカッガチュアとコマンザタラ……を思い出させます。しかし、わたしが子供たちに会えるとは感じられません。

悲しいことです。間近に迫ったわたしの死と同じくらい悲しいです、老いたパイリア人の隠者、ジェオ。

わたしが笑ってるのが聞こえますか？　ええ、わたしは笑ってます、終わりが人生に枠をつくるのです。あなたはその枠のなかにいます。そしてわたし……あなたのケラ＝ファ＝ザタラ……も、いまでもまだ笑えます。わたしははじまりである終わりを恐れていません。わたしは多くを忘れなければならないけれど、子供たちのことは忘れません。

ファカッガチュアとコマンザタラ。

わたしはあの子たちを愛しています。わたしの子供探しは成功することなく終わるでしょう。なぜなら、その前にわたしが終わるから。

あなたは空腹です、老いたパイリア人。わたしはそのメッセージを受けとりました。あなたは時間を得ます。数秒かもしれないし、数年かもしれない。でもあなたは時間を得ます。ケラ＝フア＝ザタラはあなたの友です。ケラ＝フア＝ザタラは死にます。ささいな死です。永遠の戦士たちがやり抜かねばならないことは、しばしば何倍も困難で耐えがたいものです。そこにはイジャルコルと名乗る戦士がいるでしょう。あなたはかれのことを知っています、ジェオ。かれは永遠のハンマーを打たれるかのように感じるでしょう。かれはやっとの思いで立ちあがるだろうけれど、かつて憧れた幸運をもはやみずから認識することはないのです。

あなたは空腹です、老いたパイリア人。キノコをいくつか探しなさい！　あるいは植物を！　あるいはなんでもいい。あなたのケラ＝フア＝ザタラはまだ生きています。わたしの子供たちもまだ生きているかしら？　わたしにはわからない。あなたにもわからない！　あなたは不安のあまり、〝永劫の洞窟〟なかであなたの孤独のなかに身をかくしました。しかし、あなたは永遠にも終わりがあることを知らない。

あなたは、わたしがあなたになにかをかくしているのではないかと疑いましたね。

ええ、そのとおりよ、ジェオ。でも、あなたはそれを自分で見つけなければならないのです。

＊

わたしははっきりいってもうこれらの言葉に耳をかたむける気がない。いらいらするのだ。ケラ＝フア＝ザタラはいきなり四枚の葉を下に垂らした。そしてしゃべらなくなった。

頭部の花がわたしに背を向けた。彼女はまたもや謎めいた霧に身をつつんでしまった。〝永劫の洞窟〟の外で起こっていることに関するあらたな情報を集めているのだと、わたしは予感した。わたしには彼女がやろうとしていることをとめたり、逆になんらかのかたちで彼女に影響をあたえることはできないとわかっていた。彼女は自分に迫っている終わりを漠然と表現した。わたしの〝内なる平穏〟だけでは、隠者の道から抜け出すことはできない。

わたしは彼女をそっとしておく。

彼女はまた語りだすだろう……死ぬまでには。そのことに関してもわたしはなにひとつ変えられない。

空腹で胃が鳴る。なにか食べられるものを探しに行かなくてはならない。原始的な道具を入れたバッグがすぐ近くにある。それを肩にかついで、〝永劫の洞窟〟の下の層へ通じる坑《あな》を探した。わたしはこの道を何千回も歩いてきた。すべての石、すべての出っ張り、すべての突出部を知っている。

道をくだるのは難儀だった。キチン質の甲に年齢を感じた。気持ちでいくら動けるといっても、筋肉はもはや機能しない。

第二層ですこし立ちどまり、休憩を入れた。そしてそのあたりをぐるりと見まわした。わたしはすぐに変化が生じていることに気がついた。ここはいつもより明るい。わきの岩壁の天井近くに穴がふたつあり、そこから恒星シオムの光が降りそそいでいる。

穴がふたつ？　何度も見てしまった。いま、穴は四つあるではないか。新しくできた開口部は滑らかでまるい。人工的につくられた穴だと理解するのに、それほど想像力を必要としなかった。

最近、だれかがこの〝永劫の洞窟〟のなかにいたのだ！

これは衝撃的な認識だった。そう、本来なら、そんなことありえない。だれかがかれの宮殿の近くを自由に歩きまわることなど、イジャルコルが許さない。

生命ゲームのふたりの主宰者なのか？

わたしがここにいた何年ものあいだ、ほかの生物がここを訪れたことはない……ケラ＝フア＝ザタラをのぞいて。そして彼女はわたしの目の前にいた。

わたしはこの巨大で多層的な迷宮を、わたしの私的な所有物だと考えていた。もちろん、その認識は部分的にしか真実ではないと知っていた。なぜなら衛星イジャルコルは、塵《ちり》ひとつにいたるまで余すところなく、永遠の戦士イジャルコルのものなのだから。

〝永劫の洞窟〟はおそろしく広範囲にひろがっている。わたしが知っているのはそのごくわずかな部分だ。だが、よもやほかの知的生命体がここにあらわれることはないだろうと確信していた。そして永遠の戦士はとっくにわたしのことなど忘れてしまっていると。

がれ場をこえ、わたしに光を降りそそぐ穴のある岩壁をよじ登った。そのさい、地面に注意深く目をやった。すぐにシュプールを見つけた。埃《ほこり》にできた痕《あと》を見て、ここにロボットがいたのだと思った。そのことが最初の推測を確認するものだった。

生命ゲームの準備はもうはじまっているのだ！

わたしは突然憎しみを感じた。そういう感情はとうの昔に孤独のなかに追いやったので、そう感じるのは非常にめずらしいことだった。憎しみは、わたしの新しい故郷をわたしから奪おうとする者たちに向けられた。生命ゲームの背後にだれがいるのか、わたしはケラ＝フア＝ザタラに聞いて知っていた。もちろん一方に戦士イジャルコルがいるわけだが、もう一方にふたりのテラナー、ゲームを主宰するロワ・ダントンとロナルド・テケナーがいる。

空腹感はたちまち消えた。

しばらく耳を澄ませたが、〝永劫の洞窟〟を吹き抜けるいつもの風の歌声しか聞こえなかった。それからわたしは侵入者のさらなる痕跡を探した。わたしが最後にここにきたのは四、五日前のことで、侵入者がいつここにいたのか確定できなかった。

かき乱された感情をおさえるために、わたしは〝内なる平穏〟を呼ぶ。まったくうまくいかない。ふたつの魂がわたしのなかで争いはじめた。片方はふたりのテラナーを討ち滅ぼそうとするし、もう片方はかれらを支えようとする。しばらく、いい争いに終わりが見えない。

さらに捜索をつづけ、岩の出っ張りに痕跡を見つけた。岩に手を乗せてみると異常な暖かさを感じた。これも人工的なものに起因していると考えざるをえない。

わたしは道具袋から鉄の棒をとり出し、もっとも熱い個所で一片一片岩をはがしていった。ほどなくすると金属にぶちあたり、それはどうやっても破壊できなかった。わたしはさらにまわりの岩を破壊して、ひろい露呈部分をつくった。

だれかがこの岩のなかに金属製のシリンダーを埋めこんでいた。これは生命ゲームの準備品なのだと確信した。ふたたび怒りの炎が燃えあがった。ふたりの主宰者に対する怒り。

部分的に露出した金属物体の真上にある出っ張りに達するまで、岸壁をよじ登った。そこには大きな岩塊がいくつもあった。それを岩棚の端っこまで転がして、次々と落とした……ちょうど金属が露出しているところに。

最初のへこみが黒い物体の上に認識できた。五個め、六個めと落としていくと、下でなにかが輝いた。そしてちいさな爆発が起き、岩が四方八方に飛び散った。岩は金属破片と混じりあい、わたしは複雑な技術的部品を見つけた。

「そういうことか」わたしはなるほどなという気持ちで、「偽りのゲームのための装置をここに設置したのだな。だが、見こみちがいをしたな、ジェオがいるとも知らずに！」

わたしはおりていって、物体ののこりの部分を調べた。大きなシリンダーのなかに入っていたにちがいないちいさな容器が見つかる。それはかんたんに開いた。

わたしのてのひらに乗っているのはミドルサイズのインパルス銃だった。わたしの人生においてもう長いこと手にしたことのなかったものだ。いまや、わたしの私的な国に侵入してきた者への怒りは、いやがうえにも増していた。それでわたしはその銃を、ふたつの部分からなるマントのまだ破れていないほうのポケットにしまった。

しかし、すぐまたそれをとりだした。操作の仕方をたしかめ、ためし撃ちをしてみた。細いエネルギー・ビームが地面にくいこみ、醜い穴をうがった。

ようやくわたしは満足し、武器をもとどおりにしまった。

地下湖のあるわき洞窟に行く途中で、月キノコをいくつか見つけた。ふだんなら煮たものしか食べないわたしだが、いまは生のままむさぼり食った。

それから、湖岸に足を踏み入れた。ロボットの足跡も見つけたが、なんなのかわからない足跡もあった。しかし、それらは明らかにロボットのものではなかった。

わたしの手が水に触れる。はげしい痛みが走る。まるで電撃に打たれたかのように。なにかがおかしい。わたしはわたしの〝内なる平穏〟に神経を集中し、あらためて手を水面《みなも》に向かって伸ばす。かすかにちくちく感じられる。

そしてわたしが水に直接触れたとき、数メートル先で噴水が空中に吹きあげてきた。それはわたしよりも太かった。そのなかでヘビのようなからだがくねっている。そして頭部が見えてきた。長い舌がわたしに向かってすっと伸びてくる。

〝内なる平穏〟によりなんとかパニックにおちいるのはまぬがれた。このような心の状態なら、どんな動物でもわたしに危害をくわえることはないとわかっていた。

まったく突然に、妖怪現象は消えてなくなった。どこかからがなりたてるロボットの声がする。

「制御装置SK＝３９９１の故障。湖トラップにトラブル。ポイント授与なし」

それから、ぱきぱきめりめりという音がして、またしずかになった。

わたしはこの奇妙な現象を理解した。このシーンはまちがいなく生命ゲームの一部だ。主宰者は参加者用に湖に罠をしかけたが、うまく機能しなかった。そうとも、わき洞窟にあった容器をわたしが爆破したのだから。まちがいなくあのとき、〝湖の罠〟を制御するためのものが破壊されたのだ。

わたしは心中ひそかにほくそ笑んだ。自分の国を効果的に守ったのだから。しかし、同時に、自分の試みがかなり無意味であることを痛感した。金属製の容器で幸運だった。わたしは、ひょっとすると技術的なトリックを使って〝永劫の洞窟〟全体をすでに汚染し、模様替えをしてしまった不在の優勢な敵にひとりで立ち向かっているのかもしれないのだから。

生命ゲームに対するわたしの戦いはほんとうに無意味だ。それによって、せいぜい、自分自身を危険にさらすだけだ。そして、ケラ＝フア＝ザタラを。

いくぶん意気消沈しながらも、わたしは前進した。気分が乗らなかったが、洞窟にさしこむ光があたる場所で散発的に育つキノコとか草を集め、それら食糧を袋に詰めた。縦坑《たてあな》を通って迷宮の最下層にまで達した。何度もきたことがあるのでこのあたりはよく知っている。自然と、ちいさな泉がつねに新鮮な水を供給しているわき洞窟のほうへと足が進んだ。絶望的な考えに深く沈んでいたので、周囲にほとんど注意をはらっていなかった。

いつも前傾気味で歩いていたせいで、頭をつるんとした硬い障害物にぶつけてしまった。

金属製の壁がわたしの行く手をさえぎっていた。そのときようやく、面くらってあたりを見まわした。

泉のあるわき洞窟への入口全体が壁でおおわれていた。壁にはわたしの知らない文字で言葉が飾られていた。隣りには太い横木と格子《こうし》のついたシンボルがあり、意味は明々白々。〝通行禁止〟、あるいは〝通り抜け禁止！〟ということだ。

わたしの怒りはまたもや優位を占めた。

「見てやろうじゃないか」わたしは怒りを爆発させて叫び、インパルス銃をとり出しながら、「ここで決めるのはだれだと思ってる！」

エネルギー・ビームは壁に完全に跳ね返された。自分自身が負傷しないよう、わたしは細心の注意をはらわねばならなかった。無意味な発砲をすぐにやめた。

最下層にあるほかの三つの大きな洞窟を歩きまわった。いたるところに変化の痕跡があった。そうしたい気持ちは強かったが、さらなる破壊はしなかった。個別プレーでは、ここではなにも達成できない、それはたしかだ。

〝内なる平穏〟でさえ、ここでは決定的なことをなにも達成できない。生命ゲームから〝永劫の洞窟〟を守るには、まったく異なるなにかを考え出さねばならなかった。

どうしてわたしは侵入者にまったく気づかなかったのだろう？　そして侵入者はなぜわたしに気づかなかったのか？　どうもなにかがおかしい。

それから、わたしは〝永劫の洞窟〟の上層階を捜索した。全然手が入れられていない洞穴や通洞がいくつかあったが、技術的な小型装置があからさまに岩の隙間に突きさしてあったり、壁のうしろ、あるいは壁のなかにかくされていたりもした。わたしはなにもせずにそのままにした。

　その後、第三階層の主洞窟にもどり、ケラ＝フア＝ザタラのもとに引き返した。外観から、彼女が休息を終えたとわかった。わたしは捜索で見てきたことを彼女に報告したが、彼女はなにもいわなかった。

　わたしは温かい食事を用意した。食べ終わると寝床に横になって壁に頭をもたせかけた。

　わたしの視線はケラ＝フア＝ザタラにそそがれた。そして自然と、まるで儀式のようにいつもと同じ言葉を発していた。

「もうひとつ話をしておくれ、ちいさなケラよ！　もうひとつ、そうすればわたしの時間が、宇宙の血管をより速く流れていく！」

　驚いたことにケラ＝フア＝ザタラからすぐに返答があった。

「では、興味深い生物サラアム・シインのことを話しましょう、わたしの古くからの友、ジェオ……」

3

サラアム・シインはオファラーです。生命ゲームに関わっているこの種族に関しては、すでに話しましたね。

いまではサラアム・シインのことはよくわかっています。かれが考えていることの多くはいともかんたんにわかります。もちろん、わからないものもありますが、それでもかれの考えはわたしにとって開かれた本のようです。ふたりのテラナー、ロワ・ダントンとロナルド・テケナーの場合とはまったく違います。

オファラーはシオム・ソム銀河の東半球にある星間帝国を支配しています。この種族の中心と主惑星は、通常イジャルコルの指示にしたがって生命ゲームが開催される惑星マルダカアンです。オファラルの合唱団の最高権力者は、パニシュ・パニシャ・グラウクムです。

サラアム・シインはあなたと同じくらいの身長があります、ジェオ。でもたいていのオファラーはかれより小柄です。そしてかれの外観はあなたとはとても異なります。かれの胴体は樽みたいにずんぐりしていて、がっしりした短い脚が二本あります。腕はというと、関節のない触手のような六本の腕が対になっているのですが、その先端は非常に高感度の触覚束になっています。ですから、オファラーは手先の器用さにおいて非常にすぐれています。

皮膚は真っ赤で、あなたの種族の外被に似ています。胴体の上に首があり、テレスコープのように伸ばすことができます。頭は卵みたいな楕円形で、口は唇のないスリットで、瘤《こぶ》のような感覚器官でおおわれています。でも、オファラーのもっとも重要な器官は頭ではなく、首が胴体とつながっている部分です。外から見た感じでは特別にぶ厚い軟骨みたいですが、実際には、多くの発話膜とあらゆる音の連続をつくれる内部の合成生物学的音声器官が組み合わされたものです。これによりオファラーは独自の音楽言語を創出するだけではなく、ソタルク語を話すわけです。たとえば、低音は怒りや不快を意味し、鳥がさえずるようなフルート音はよろこびと楽しさをきわだたせるし、あるいはティンパニーをたたくような音は悪態に該当します。かれらの悲しみはちいさくてメランコリックな音に反映され、不安は無調の不協和音というわけです。

エスタルトゥの力の集合体の諸種族のなかで、ほんものの音楽を創出できるのはオファラーだけだといわれています。

この音楽言語の特別な点は、プシオン性要素です。オファラーひとりだと、通常、なんらかの効果をおよぼすには弱すぎますが、十名ないしはそれ以上のオファラーが集まって合唱団を形成すれば、その音楽言語によって……それがほんとうに聞こえるかどうかとは関係なく……ヒュプノ暗示効果を発揮できるのです。それで、オファラーは、聞く者を事実上どんな気分にもさせることができるのです。攻撃性や戦いたいという絶対的な意志と同じくらい、平和と平静をいともかんたんに生みだすことができるのです。そうやって、本来は存在しない現実がそこにあると当事者に思いこませることができ、当事者の性格を変えることができるのです。また、敵や捕虜に知っていることすべてをはき出させることができるのです。

〝合唱団〟にくわわるオファラーの数が多ければ多いほど、プシオン性の歌の効果は強くなります。やがては、星の島々すべてをカヴァーできるくらいひろい範囲に影響をあたえられるようになります。

イジャルコルは長年にわたって自分の目的のためにオファラーを利用してきたので、この種族の能力を早い段階で認識していたにちがいありません。かれらは、生命ゲーム開始時にパラ合唱をすることで、ヒュプノ暗示をかけて、ゲーム参加者に演じるべき役割をになわせます。こうして参加者は自分に割りあてられた役割と自己を同一視するのです。

音楽はオファラーの生活において、もっとも重要な役割を持ちます。さらにかれらは、生命ゲームのためにあらゆることをします。恒久的葛藤の哲学を強く支持し、通常、戦士イジャルコルに忠実です。そして本来……これはいうまでもないことですが……かれらは、ユーモアあふれる、そして多少エキセントリックなところのあるおとなしい種族なんです。

それがオファラーです、老いたパイリア人よ。でも、サラアム・シインは精神のありようにおいて、まったく異なります。かれは名歌手ですので、多くのオファラーとも異なりますが、それだけではなく、もっと大きな違いがあります。

サラアム・シインは首都惑星マルダカアンの出身ではなく、オファルの合唱団の帝国辺境にあるザアトゥルという名の、とるにたりない植民惑星の出身なのです。子供のころから才能に恵まれた歌手でしたが、その才能をもっぱら戦士崇拝への奉仕のためだけに使うという気持ちはありませんでした。そういうわけでかれは星間吟遊詩人となり、惑星から惑星へと旅をつづけ、多くの地で賞讃を受け、熱狂して迎えられるようになったのです。かれのその後の人生は、その考え方が基本的に、戦士崇拝に対して否定的であることによって定まりました。

かれはすこし前に、あるネットウォーカーと出会いました。ジェオ、あなたは知っていますね、ネットウォーカーたちが、永遠の戦士、第三の道の教えや恒久的葛藤の教えに対して、全力で戦いを挑んでいることを。この出会いに関して名歌手はなにも考えを表明していません。ネットウォーカーに関わるあらゆる点で、かれは非常に慎重です。かれが出会ったネットウォーカーの名はアラスカ・シェーデレーアといいます。ネットウォーカー組織の主要メンバーであるはずです。このネットウォーカーはあらたなる人生の目的のためにサラアム・シインを獲得しました。

アラスカ・シェーデレーアはネットウォーカーの目的のためにサラアム・シインを同志として募ったのです。サラアム・シインはメンバーになりました。かれはネットウォーカーの惑星で訓練を受けました。そこでかれはプシオン刻印を得たのです。それがなんなのかはわかりませんが、それが、わたしがかれのその後の人生行路を正確に追うことを妨げているように思われるのです。

その後サラアム・シインはマルダカアンにわたり、声楽学校を設立しました。〝ナムビク・アラ・ワダ〟という校名で、〝われわれは栄誉のために歌う〟といった意味です。そこでのかれは名声を博しました。歴史上最大の生命ゲームがおこなわれることになり、どの学校が中心となる合唱団として選出されるかということになったとき、サラアム・シインは……競争相手がいかなる不正手段を使おうと……すべての相手を打ち負かしたのです。

最大のピンチのときでも、敵に対して不思議な武器……かれが〝ナムバク・シワ〟と呼ぶ〝死の歌〟……を投入することができ、このパラ歌曲は敵の脳を破壊できるのです。

マルダカアンでの競争に勝利したのち、サラアム・シインはパニシュ・パニシャ・グラウクムから依頼を受けました。それは、声楽学校〝ナムビク・アラ・ワダ〟の規範や歌唱方針にしたがって、間近に迫っている生命ゲームのために、オファルの合唱団の歌手を百三十万名育成するというものです。そしてかれはそれをやり遂げました。

老いたパイリア人よ、忘れていないなら、知っていますよね、サラアム・シインがもうずいぶん前からここ衛星イジャルコルにいたことを。かれはふたりの主宰者ロワ・ダントン、ロナルド・テケナーと協力し合ってます。あなたとわたしにとってこの秘密の協力はとくに重要です。そのことに関してはもうすこしくわしくお話しします。というのもこの出来ごとが原因でわたしは死ぬことになるのですから。これはまた、あなたがとても気にかけていてわたしにする質問、つまりわたしがあなたに黙っていることに答えることになります。

あなたは自分の目で、生命ゲームの第一段階の準備を見てきました。それに抵抗するのは意味がありません。一部の機器やプロジェクターを破壊しても意味がないんです。破壊しても生命ゲームにはなんの影響もありません。

わたしが関連性を正しく把握しているとしたら、ジェオ、あなたが抵抗行動を起こそうが起こさなかろうが、まったく関係ないんです。つまり、生命ゲームは開催されないんですから。

わかりますか、老いた隠者よ？　生命ゲームは開催されないんです。準備にはまったくべつの目的があるんです。

その目的を追っているのは、ふたりの主宰者であるロワ・ダントンとロナルド・テケナーだけです。サラアム・シインはかれらの助力者です。そしてすべての背後にあるのは、ネットウォーカーの秘密組織なんです。

＊

「おいおい、頭がどうかしたんじゃないのか、ケラ！」

わたしは藁《わら》と古いぼろきれでできた寝床から、まるで自分の足ばさみを一ダースの洞窟わらじ虫に嚙みつかれたみたいに、飛びあがった。

ケラ＝フア＝ザタラはわたしの反応を気にもしない。

「生命ゲームは開催されないだって？」わたしは大声でつづけた。「まったくのナンセンスだ。わたしはイジャルコルの力を知っている。かれの命令が実行されないことは絶対に許されない。かれには力がある」

「かれには力があります」ケラ＝フア＝ザタラは認める。「しかし、かれのイメージは損なわれました。以前の会議の最後に、各戦士に進行役が割りあてられたことは知ってますね。イジャルコルがエスタルトゥから帰ってきたことが、かれの名声をさらに落としました。かれはソムの王の門に到着したとき、豪奢な装備を適切に制御できなくて恥をかきました。そして忘れてならないのは、姿を消した超越知性体エスタルトゥについての噂が、まさにイジャルコルによって正しかったと確認されたのです。そうです、老いたジェオ、イジャルコルはなにひとつ変えられません。ちょっと先の未来のことに関して、わたしにははっきりと見えています。目前に迫った生命ゲームの付随状況を通して、わたしの死と同じくらいに」

「そうやって、想定上のきみの死に関して何度も言及する必要があるのかい？」わたしは首を振りながらそっけなくいう。「そんなこと、わたしは信じちゃいないからな。わたしはわたしなりに考えた。われわれ、生命ゲームが開催されているあいだ、〝永劫の洞窟〟から姿を消すんだ。そうすれば、きみになにかが起きることはない」

「それができないことは、知っているでしょう」と、ケラ。

その主張、まったくの的はずれというわけでもない。かなり以前のこと、何層にもなっている迷宮を、エネルギー障壁にぶつかるまで歩きつづけたことがある。その壁の向こうに見えた光景は不毛で、なにもなかった。人工的な大気すらないという印象を得たものだ。

「地下通洞がある」と、わたしはいう。「あそこならまず、生命ゲームの舞台になることはない。われわれ、かくれていられる」

「あなたは歳をとりすぎています」と、ケラ＝ファ＝ザタラ。「あんなに深くて暗いところへ行くには。いいですか、ジェオ、わたしがあなたにいったようになるということに、折り合うのです。わたしがまだあなたのそばにいて、外で起きていることをあなたに話して聞かせられるという事実で満足してください」

「きみが悠然としているのが、わたしには理解できない、ケラ！」

「あなたのいうとおりです。いいですか、わたしは自分の死を通してのみ、ファカッガチュアやコマンザタラが生きているかどうかを知る力を発揮することができるのです。この確信がわたしには必要なんです。そうすれば安心して死ぬことができます。しかし、わたしの死には第二のよい目的があります。だから、あなたが悲しんだり絶望したりする理由はないのです」

「きみの言葉はわたしにはなんのなぐさめにもならない、ちいさなケラ」

彼女はそれには反応をしめさず、

「サラアム・シインについてもうすこし話させてください、老いた隠者よ……」

＊

わたしもまだくわしくは知らないのですが、ライニシュという名の存在がいます。かれはずいぶん前から、サラアム・シインとふたりのテラナーの主宰者が計画していることすべてを抹消しようと試みています。なにが問題なのか、正確にはわからないままにです。ライニシュは敵対者です。生命ゲームを妨害し、そうすることで、ロワ・ダントンとロナルド・テケナーをおとしめ、イジャルコルがふたりを不名誉と汚辱のなかで失脚させることをもくろんでいるのです。

サラアム・シインが選んで育成した百三十万名のオファルの合唱団について話しましたよね。かれらがゲームのためにプシオン音楽を奏でることになっています。すべてを使えなければ、歌手たちは失敗するだろうとライニシュは考えています。ですから陰湿な策を弄《ろう》して三十万名のオファラーを二回に分けて紋章の門を通過させ、べつの場所に送ったのです。

しかし、サラアム・シインはこのことをとっくに知っていました。惑星パイリアと惑星ロムボクにはそれぞれ十五万名のオファルの合唱団がいます。そうです、ジェオ、あなたがもうほとんど忘れてしまっているあなたのほんとうの故郷パイリアにです！　現在、パイリアには紋章の門があり、それは〝テラナー門〟と呼ばれています。ふたりの主宰者がずいぶん前にこの名前をつけました。

そこに、離脱させられた歌手の一方の集団がいます。のこりの半分はロムボクの〝英雄の門〟で待機しています。ライニシュが当初は紋章の門をブロックしましたが、サラアム・シインはこれらの歌手たちに適切な指示をあたえることができました。

そのあと、こんどは追いはらわれたオファラーみずからがパイリアのテラナー門をブロックします。なぜなら、ライニシュがそこにいるからです。この対応は、ライニシュを当面シオム星系にもどれないようにするためです。法典守護者のドクレドは、救助要請のためのハイパーカム・ステーションを使用することさえ拒否しています。法典守護者の心変わりもオファラーの歌によって引き起こされたものだということを、ライニシュはほとんど気づいていません。

実際、ここ衛星イジャルコルでは、離脱したオファラーが必要になることはありません。ライニシュはネットウォーカーの陽動作戦にしてやられたのです。ネットウォーカーが真の計画を実行するには、シオム星系の百万のオファラーで充分なのです。

この計画では離脱したオファラーの歌手が重要な役割をにないますが、かれら自身は自分たちがなにを引き起こすことになるのかわかっていません。そのことを知っているのはサラアム・シインだけです。もちろん、ふたりの主宰者も知っていますが。

パイリアとロムボクにいる三十万のオファラーの合唱団は、衛星イジャルコルで生命ゲームがはじまり、百万のオファラーがパラ合唱をしだすと、プシオン・エネルギーの強力な衝撃を感じることでしょう。それが離脱したオファラーたちを奮い立たせます。かれらの歌の師が名歌手であるシインの指示にしたがってかれらは歌にくわわります。かれらの歌の師がそれをもとめているのですから、かれらは全力で歌います。

この計画にどんな意味があるのだろうと、自問していますね、老いたパイリア人よ。それはよくわかります、わたしもずっと考えてきましたから。わたしは、その答えを見つけました。

ネットウォーカーの組織が背後にかくしている計画は、その影響の大きさと範囲において、想像をはるかにこえるものがあります。ちょっと先の未来があまりに多様であり、鮮明なイメージをとらえることができないので、わたしには影響全体を認識することができません。それでも計画のめざすところはわかります。

真実は、ふたりのテラナーやライニシュとその助力者……あるいはサラアム・シインによって生みだされることでしょう。

この計画に関して聞いてください、ジェオ！

サラアム・シインが合唱団のために作った生命ゲームのための歌曲には、特別なプシオン要素があります。合唱団の歌手はそのことを知りません。その要素というのは、まったく新しいやり方で紋章の門のエネルギーと相互作用するものなのです。

イジャルコルの百万のオファルの合唱団が生命ゲームのはじまりにパラ歌曲を歌いはじめると、それによって解放されるエネルギーは近くにある惑星ソムの王の門の完全な崩壊をもたらします。実際にどういうことが起こるのか、くわしいことはわたしにはわかりません。崩壊する門は、光速の数百万倍のスピードで宇宙空間を駆け抜けるプシオン衝撃波を引き起こします。これがサラアム・シインがパイリアとロムボクで語った衝撃波です。これが、離脱してパイリアとロムボクにいるふたつのオファルの合唱団への合図となるのです。

しかし、それ以上に、その理解のおよばない衝撃波はすべての紋章の門の根底を揺るがすことになるでしょう。パイリアとロムボクの合唱団が訓練された歌にくわわると、衝撃波はさらに強まります。それらが発生する場所は三つあり、それぞれに紋章の門があります。

まず王の門が、つぎにテラナー門と英雄の門が崩壊します。これによりさらにふたつの衝撃波が引き起こされます。連綿とつづくオファラーの合唱は、空間的な境界を知らないプシオン爆弾の起爆剤のようなものです。

こうしてはじまった出来ごとの決定的な効果は、プロセスがとどまることなく継続するところにあります。その行き先はただひとつ……シオム・ソム銀河のすべての紋章の門です。そしてすべてがサラアム・シインが思うように進行すれば、最終的には紋章の門はなくなります。

このことはただではすみません。なぜなら、凪《なぎ》ゾーンに影響をあたえ、シオム・ソム銀河に侵入するのを拒むプシオン・ネットに影響をあたえているのは紋章の門のエネルギーなのですから。それにプシオン・ネットが欠損すると、永遠の戦士イジャルコルは、これを使用することで臣民をコントロール下においている有用なエネルプシ・エンジンを使うことができなくなります。

この計画がうまくいけば、老いたパイリア人よ、永遠の戦士イジャルコルにとっては不快な目ざめとなりますが、シオム・ソム銀河の諸種族にとっても、不快な目ざめとなるはずです。

ネットウォーカーの勝利は偉大なものになるでしょう。しかし、わたしは自問するのです、ますます前面に出て活動するようになっていたプテルス種族の進行役はどうするだろうか、と。

これがオファラーの名歌手による、ネットウォーカーの秘密任務における計画の全貌です。

もう夜も遅いです。あなたは疲労を感じているようです。眠りについたほうがいいように思います。あなたは休むべきです。わたしにしても、精神的にかなり疲れたので、すこし休んだほうがいいでしょう。

休む前に、知っておいてもらいたいことがひとつあります。十一名の戦士と五十八名の進行役が秘密裡《り》の会合をつづけています。エスタルトゥがいなくなったことは、公けにはたいしたことではないとすべきということになっています。プテルスはそう考えているようですが、戦士たちはそう考えていません。

生命ゲームについても議論されました。その議論の場でも進行役が主導権を握りました。かれらはゲームが計画どおりにおこなわれることを要求しています。

ゲームはあすはじまることになっています。準備は完了し、あなたがしでかしたささいな破壊行為は、とっくに修復されています。

進行役の明確な態度は、以前持っていた自信のなにがしかを永遠の戦士イジャルコルにとりもどさせました。かれは深刻なショックを大幅に克服しました。かれはまもなくいつもの華やかさでみなの前に出て、シオム・ソムのあらゆるメディアを通じて「生命ゲームをはじめる！」と、告げることでしょう。

＊

ケラ＝フア＝ザタラが語ってくれたことは、受け入れがたいほどにわたしを混乱させた。紋章の門のことも、凪ゾーンのことも、プシオン・ネットのこともわたしはほとんどなにも知らなかった。これらのことをただたんに忘れてしまっていたという可能性もある。

しかし、もっとも困惑した矛盾がある。彼女は、生命ゲームはけっして開催されないという一方で、最終的にイジャルコルが開始のゴングを鳴らすといった。

戦士は、主宰者のもくろむいかがわしいゲームに気づけないほどおろかではない。ましてやライニシュもいる。

いや、ケラが見たというようなことはけっして起こらないだろう。彼女は超感覚でとほうもない出来ごとを体験し、そんなふうに解釈したのかもしれない。しかし、いまわたしは、彼女が思い違いをしたのにちがいないとは確信している。

そう考えると、彼女が自分は死ぬといったことも間違っているんだという希望が生まれてくるので、すこしなぐさめになった。彼女がわたしに秘密にしていたこととはなんなんだろう、という疑問についても、もうこれ以上あれこれ悩むのはやめた。たぶん、それは彼女の過去のことなんだろう。だとしたらわたしにとってはいずれにせよ意味のないことだ。

いろいろ思いわずらっているうちにいつのまにか疲労でへとへとだ。最後にもう一度、だらりと垂らしたケラの四枚の葉を見た。暗青色の花の頭は閉じている。わたしは寝床に倒れこみ、自然のままに複眼を閉じた。

思考は千々に乱れていたが、短い時間〝内なる平穏〟を呼ぶべく集中すると、夢も見ない深い睡眠に落ちた。

4

「もうひとつ話をしておくれ、ちいさなケラよ！　そうすればわたしの時間が、宇宙の血管をより速く流れていく！」

どれくらい寝たのかわからなかった。ほんとうのところ時間はわたしにとってはどうでもいい。話し相手の女植物知性体のこの前の話を聞いてから、わたしのなかにある種の動揺が生まれた。それがわたしを変えた。〝内なる平穏〟はもう完全な力では機能しなくなっていた。

わたしは洞窟の身近な生活圏内を一巡してみたが、新しいものはなにひとつなかった。たしかに前日わたしが破壊したところは修復されている。いま、〝永劫の洞窟〟内には絶対的静寂がある。

それから、わたしは腹ごしらえをし、ケラに新鮮な水をあたえた。いまわたしは、この衛星イジャルコルで、あるいはシオム・ソム銀河の広大なあちらこちらでなにが起きているのかを、彼女が話してくれるのを待ち望んでいる。

彼女は、美しい花の頭をひろげるのにずいぶんと長い時間をかけた。いつもなら暗青色をしている花びらだが、わずかに赤みがかっていることにはじめて気がついた。なにが色の変化を起こさせたのか、それにどういう意味があるのか、わたしにはわからない。

「休んでいるあいだもわたしは感覚を解放していました、ジェオ」ケラは驚くほどいきいきと、ほとんど陽気といってもいいくらいの話し方をした。「きょう、あなたは退屈しないでしょう。衛星の反対側で戦闘員たちが生命ゲームの第一ラウンドの準備を進めています。しかし、わたしたちにはまだ時間があるので、ちょっとした過去のことですが、もうすこし話しておきましょう。あなたが忘れてしまった故郷パイリアでのことを話しはじめたら、あなたの気持ちを刺激するかもしれません……」

＊

侏儒《しゅじゅ》種族ガヴロン人の子孫であるライニシュは、満足とはほど遠い気持ちです。生命ゲームの主宰者であるサラアム・シインおよびネットウォーカーに対する最近の失敗が癪《しゃく》の種です。実際、なにもなし遂げられませんでした。主人である永遠の戦士イジャルコル、グランジカル、アヤンネーは、かれとハトゥアタノの成果にさほど満足していないでしょう。

ロワ・ダントンとオファラーの名歌手であるサラアム・シインは、人目を引かずにパイリアを脱出しました。この間に、〝五段階の衆〟のリーダーは、奇妙な宇宙船がふたりを助けにきたことを知っていました。論理的に考えてみると、その船は、エネルプシ・エンジンとは異なるエンジンを持っていたにちがいありません。ネットウォーカーの宇宙船であることは、まずまちがいないのですが、ライニシュには具体的な情報がありませんでした。

さらに悪いことに、パイリアにいる十五万名からなるオファルの合唱団の歌声が衰えることなくつづいています。それでテラナー門が閉鎖されて、あらゆる移動手段が不通となり、シオム星系への帰り道が遮断されてしまいました。ライニシュは、法典守護者ドクレドが否定的な態度をしめしている理由がこのパラ歌曲にあることをいまでは疑っていません。しかし、それを証明することができません。ドクレドは自分の惑星に事実上無制限の配下と補助手段を持っています。

ライニシュは、気むずかしいナックのファラガを連れていました。さらには、秘密基地から、これからやろうとしていることのサポートにかならずや必要となるであろうロボット二体を連れ出していました。いちばんの目的は、シオム星系の衛星イジャルコルに早急に行く道を見つけることです。そしてハトゥアタノのリーダーは、いまある使命をもはや単独では遂行できないと感じていたので、五段階の衆のほかのメンバーとのコンタクトを再確立することが重要でした。

イジャルコルは部分的に行動の自由が制限されています。そのためライニシュは自分の意志で行動しなければなりませんでした。狩猟本能は衰えていません。かれが意図するところ、それは、生命ゲームを思いどおりに遂行するふたりのテラナーの領分を侵し、持続的にかれらの評判をおとしめつづけることです。五段階の衆のほかのメンバーとハイパーカムステーションで連絡しようとしてうまくいかなかったのち、失敗したことへの絶望感からあらたな活動を開始しなければとかれは気がせいていました。

シオム星系へ行くには、紋章の門を通る以外に方法がありません。その道は戦って勝ちとるしかないのです。障害となるのはオファルの合唱団だから、そこから手をつけなければなりません。法典守護者のかたくなな態度に対しては、成功するチャンスがありませんから。

十五万のオファラーがテラナー門の近くにいます。ちゃんとした宿泊施設にいる者も一部はいますが、テントにいたり屋外にいる者もいます。合同でパラ歌曲を歌うのに、全オファラーがたえず接触している必要はありません。ライニシュはこの状況を前提に計画を立てました。

霧深い夜陰《やいん》にまぎれて、二体のロボット、クレティとプレティをともなって居所を出ます。ファラガは以前ゾンデを飛ばしてメタフィジカルな能力で周辺を探索し、法典守護者が配置した何名かの監視員のかくれ家を見つけていました。ライニシュは監視カメラの隙間をくぐってくねくねと動きます。二体のロボットが浮遊クッションに乗って音もなくかれにしたがいます。

ハトゥアタノのリーダーは、監視の輪の外で、はずみをつけてからだを振り動かすとクレティの反重力プラットフォームに飛び乗り、自分を運ばせました。こうやって歌手の宿営地までの距離をより速く進むことができました。

本来は紋章の門の一方の側にある町を迂回し、森林地帯の側から近づいていったのです。援護担当はプレティです。プレティはすこし高めで飛行しましたが、それでも大きな木以上の高さをこえることはありませんでした。

ライニシュはクレティから飛び降りると、最後の数メートルを自分の足で歩きました。二重の円形をつくり、パラ歌曲を歌いつづけているおよそ千名ほどのオファラーが、森の端から見えます。かれらは目を閉じています。

侏儒はクレティに、できるだけ気づかれずに合唱団に近づいて一名誘拐してこいと指示を出しました。ライニシュは出来ごとの背景の情報を必要としましたが、それは当事者からしか得られません。つまりはオファラーからということです。

クレティは地面の窪《くぼ》みをうまく使って浮遊し、すぐにライニシュの視野から消えました。長時間なにも起こらなかったので、あせる気持ちをおさえなければなりませんでした。クレティがようやくもどってきました。触手のようなその腕に、意識を失ったオファラーがだらりとぶら下がっています。

「ここからはなれるぞ！」ライニシュは、森の中心あたりを指してクレティにいいます。クレティはそれをプレティに伝えます。両ロボットは動きだし、ライニシュがそれにつづきました。

間伐地《かんばつち》で立ちどまります。ポケットをかきまわして、まずは、意識を回復させる薬を歌手にあたえます。その効果があらわれもしないうちに、ガヴロン人の子孫は、真実を吐露する薬を注射器にセットし、オファラーに注入しました。薬剤は歌手をあらゆる点で従順にすることでしょう。

オファァラーはすぐに動き出しました。混乱したようすで頭をあっちこっちに向け、テレスコープのような首を伸ばしたり縮めたりします。

「しずかにすわってろ！」と、侏儒はどなりつけます。「わたしはパニシュだ。おまえの名前はなんという？」

「カラム」オファァラーは弱々しく答えます。

「いくつか訊きたいことがある、カラム。おまえはわたしに話したことをすぐに忘れる。わかったか？」

「カラムはあなたに情報を教えます、パニシュ」と、歌手は無気力に答え、首をねじまげます。「それから、カラムはあなたに話したことを忘れるでしょう」

「おまえたちの歌の師、サラアム・シインはどのような計画を立てているんだ？」

「師匠は生命ゲームの準備をし、ゲームで歌う新しい聖歌を教えてくれました。師匠はみごとな成功を望んでいます。そしてわれわれは師匠にしたがいます」

「そんなことは知っている」ライニシュは怒り、「それは表向きの任務だ。わたしが知りたいのは、かれがほんとうはなにをもくろんでいるのかだ。いうのだ！」

「わたしは真実をいっています」薬を投与されたオファラーはしずかにいいます。「サラアム・シインはそれ以外のことを計画していません。もしそうだとしたら、わたしはまちがいなく知っているでしょう」

五段階の衆のリーダーはいらだちます。そのような単純な答えはまるで望んでいませんでした。

「ロナルド・テケナーとロワ・ダントンの名前を聞いてどうだ？」

「それは生命ゲームのふたりの主宰者の名前です」

「ダントンとテケナーの目的はなんだ？」

「ふたりは、われわれが歌うことで敬意をあらわすゲームを主宰します。われわれは栄誉のために歌います。ナムビク・アラ・ワダ！」

陳腐な、そしてかれにとっては意味のない答えに怒りをおぼえ、ハトゥアタノのリーダーは誘拐してきたオファラーの胴体に一発食らわしました。男は身をすくめ、黙りこみます。

「かれがなにか知っているならしゃべっています、サー」と、ロボットのクレティ。「薬の効果は完璧です。これ以上しゃべらないのであれば、これ以上は知らないのです。追加の薬剤投与はなんの役にもたちません」

「黙れ！」ライニシュは憤《いきどお》りからどなってしまったのですが、無意味なことをやろうとしていたのは理解しました。

しかし、自分が考えたことはあながちまちがいとはいえないと思いました。サラアム・シインとふたりのテラナーはなにかをたくらんでいる、この点においては絶対的な確信がありました。

「おまえたちはさっき歌っていた」ライニシュは尋問をつづけます。「紋章の門を閉ざすために、そうだろう？　最近生じた損壊はすでに修復されたのに！」

「われわれが歌っているのは、師匠の指示です。実に美しいメロディです。一般的な演習プログラムであって、生命ゲームのための歌ではありません」

ここでもライニシュは堂々めぐりをしているように思えました。要するに、先には進めず、オファラーを誘拐したのもまた失敗でした。最後にもう一度ためしてみます。

「サラアム・シインは、ほかになにをしろといったのだ、カラム？」

「待て、と」そして、くぐもった声で、「われわれ、もう生命ゲームのためにシオム星系に行くことはできません。そこから、ゲームのために歌いはじめることを知らせるプシオンインパルスがとどくまで、ここで待つように、と。とどいたら、われわれ、歌うんです」

ライニシュは一撃を受けたように、その発言に身をすくめます。すくなくともいまの返答は、自分がまったく知らないなにかがくわだてられていることを間接的に伝えていました。いままでは、イジャルコルにいる百万名のオファルの合唱団は失敗する、ということが前提でした。必要な数が三十万名不足しているのですから。

パイリアとロムボクで合唱をサポートするなんて、まったくのナンセンス。背後になにかべつのことがかくされている。しかし、それはなんだろう？

肝心なのは、さっき言及されたプシオンインパルスを誘発するものはなんなのかということです。オファルの合唱団だけではけっしてそんなことはできないし、名歌手もしかり。まったく異なるなにかがはじまりかけているということです。

ライニシュは文字どおり危険を感じとりました。

「ほかにまだ知っていることは、カラム、わたしにとって重要かもしれないことだが」

と、かれは一般的な訊き方をします。

オファラーはすこし考え、

「なにも」と、いいました。「それとも、われわれがいま歌っている歌は……生命ゲームがはじまる前に全員が休憩をとる必要があるので……まもなく歌い終わります。そのことに興味がありますか？」

五段階の衆のリーダーは、またもや電気に打たれたような気がしました。パラ歌曲の終了はかなりの確率で、テラナーの門がふたたび機能しはじめることを意味します。

そうすればシオン星系への道が開かれる！

いまは迅速に行動することこそが重要だ。

「こいつをもとのところにもどしてくれ、クレティ！　急ぐんだぞ！　それから、おまえは宿舎に帰ってこい。わたしはプレティと行く」

ロボットは意思をなくしたオファラーをつかむと、暗闇に姿を消しました。プレティが滑空してきたので、ライニシュはその反重力プラットフォームに飛び乗りました。最高スピードでファラガのところへ行きます。

ナックはすでに待っていました。音声視覚マスクをつけていて、簡潔に、

「門がふたたび正常に機能している！」

「シオムへ行くぞ、ファラガ。きみは自分の反重力装置を使うのだ。わたしはプレティとともに飛ぶ。わかったな？」

ナックはまったく返答しません。コミュニケーションマスクをしまうと動き出しました。ライニシュがつづきます。ロボットのクレティのことはもう気にかけていません。

プレティが情報をあたえたのでしょう。それから、ふたりはハトゥアタノの基地にもどることができるでしょう。

門がふたたび開いていることにパイリア人はまだ気づいていないようです。ドクレドとその配下の痕跡もありません。

先に目的地に着いたファラガは、かれなりの方法で同種族人とコンタクトをとっていました。ライニシュが到着したとき、王の門への接続はすでに準備がととのっていました。すべてが大急ぎでした。

かれらはソムからすぐに衛星イジャルコルに転移しました。到着すると、よろこびに満ちた喧騒《けんそう》と人々の高揚した気分に遭遇します。ちょうどまさにその瞬間に、生命ゲームの第一段階が布告されたことを、ライニシュは知ったのです。オファルの合唱団による本来の祝祭の歌が開始されるまで、もうあまり時間がないということです。かれはなおいっそう急ぎました。

ライニシュの目的地は永遠の戦士イジャルコルの宮殿です。戦士に警告し、すぐにも生命ゲームを中止させなければなりません。ハトゥアタノのリーダーは最後の歩みをはじめる前に、惑星ソムにいる従者に連絡をし、衛星イジャルコルにくるように命じました。ファラガはさらなる措置を講じるためにソムにもどります。

戦士の宮殿の入口で、ライニシュは厄介な拒絶にあいました。かれが持つ特別な委任権をもってしても、永遠の戦士に会いたいという申請をとり次いでくれたにすぎません。返事はすぐにとどきました。警備員は簡潔にライニシュにいいわたしました、永遠の戦士はだれであろうが会う気はないそうです、と。

メディア受信機から、オファルの合唱団が開始の歌を歌いはじめたのが聞こえてきました。

かれのいらだちは底知れません。ですが、自分が間違った方法をとったことはわかりました。いまさら、イジャルコルのサポートなど期待できるはずがなかったのです。戦士は生命ゲームと一心同体なので、それ以外のことに割く時間などなかったのですから。しかし、まだほかの可能性があります。ライニシュの部下たちがこちらに向かっています。そのなかには何十名もの、それ相応の装備をととのえた特殊戦闘員がいます。永遠の戦士があまりに頑迷でライニシュの警告を聞き入れなかったなら、かれは自分ひとりで行動するでしょう。

かれは敵を知っています。かれは敵を打ち負かすでしょう！　かれはそう確信していました。もはや慎重な行動は妥当ではないのですから。

＊

「そのライニシュってやつは、吐き気をもよおさせるようなタイプにちがいない」わたしは、ケラ＝フア＝ザタラが口をつぐんだときにいった。

「吐き気をもよおさせる？」しばらくたってからようやく、彼女はそぅ訊いてきた。

「どう見るかですね。かれはまちがいなく自分が正しいことをしていると信じています。かれには使命があります。できるだけそれを成し遂げようとしています。そこに、本来、吐き気をもよおさせるようなものは微塵《みじん》も見られません」

「ほかの生命体を殺したいと考える者はみんな吐き気をもよおさせる」わたしは抗弁した。

「では、自分自身が殺されそうだから殺すといぅのも吐き気をもよおさせるのですか？」

　わたしはちょっとたじろぎ、それから彼女がなにをいいたいのか理解した。

「そのような問題を考えるのは」と、彼女は言葉をつづける。「あなたの生き方に合いませんね、ジェオ。あなたはもっと次元の高いことに関わったほうがいいですよ」

「わたしはきみのことに関わりたい、ちいさなケラ」わたしの反抗心が優位を占めた。そのときわたしは、〝内なる平穏〟のことは考えていなかった。「きみが予感している危機からきみを救いたい」

「あなたはわたしの話に没頭しすぎです、老いた隠者よ」その声は〝永劫の洞窟〟の煙突のなかで風がそよぐ音より柔らかかった。「あなたはすぐそこに迫っている現実を理解したくないんです。あなたは〝永劫の洞窟〟で長い時間をすごしました。あなたは自分の世界の現実を見ることを、すっかり失ってしまったのです」

「なにがいいたいのだ？」わたしは立ちあがり、彼女のところへ歩いていった。わたしの目は彼女の花の頭に釘づけになった。こんなに近づいたのはもうずいぶん久しぶりのことだ。「どうしてきみの花びらは、突然、柔らかい色合いの赤でほのかに光っているのだ、ちいさなケラ？」

「ひとつ、知っておいてもらわなければならないことがあります、ジェオ」彼女の声はまたもやすこしばかり低く落ちこんで、ちいさくなっていた。「わたしはあなたに、プシオン・ネットやサラアム・シインのことだったり、ロワ・ダントン、ロナルド・テケナーという名のふたりのテラナーのことだったり、あるいは生命ゲーム、イジャルコルとライニシュ、進行役、紋章の門のことなどを話します。けれどもわたしにとってこれらすべては、理解することも説明することもできない方法で受けとるたんなる概念にすぎません。わたしにとっては本来まったくなんの意味もないんです。わたしは内容を受けとります。わたしは望んでもいない知らせのなかにかくれている感情を受けとりますが、それらのどれも理解していません。わたしはそこになんの意味も見いだしません。これはすべてが、ただたんに、わたしの近くの、あるいは遠くの環境ということです。これはわたしにすれば言葉よりもずっと異質なんです。この世界は、老いたパイリア人、わたしの世界ではないのです」

「じゃあ、どの世界が、ケラ？」

「わかりません。いっておきますが、ほんとうに知らないんです。わたしの過去の記憶はほとんど完全に破壊されています。おぼえているのはただ、子供たちがいた、あるいはいるということだけです。名前はファカッガチュアとコマンザタラ。かつてファ、ザタラと呼んでいました。あなたには理解できない方法ですが、どちらも〝愛〟を意味します。それ以外にはわたしはほとんどなにもわかりません」

「生命ゲームがはじまった」好奇心がわたしのなかで燃えていたにもかかわらず、わたしは意識的に彼女の話題から気をそらした。

「はじまるでしょう、ジェオ。わたしが話している最後の部分はまだ未来のことです。しかし、この未来はとても新しく、まだ生まれていないので、わたしにとっては現実なのです。あなたが厳密に知りたいのならいいますが、ライニシュがまさにいま惑星ソムの王の門に到着します。わたしが消え去ることを知ったからといって、必要以上に動揺する必要はありません。あなたにはまだ時間があります。あなたには、この時間も必要になるでしょう」

「時間、ライニシュ、ファ、ザタラ！」わたしは吐き出すようにいった。「きみはわたしを混乱させるだけだ、ケラ」

「わたしが、死ぬまでには、ファとザタラがまだ生きているかどうかわかります」彼女の答えは冷静だったが、満足感に満ちていた。「そういうわけでわたしの頭の葉はすこし赤みがかっているのです。この色は幸福感を告げているのですから。ほんのちょっとの幸運、老いた母親にはそれ以上のことは望めません。ひょっとするとあなたは見落としているかもしれませんね、ジェオ、わたしがあなたよりうんと年上で、あなたが想像できる以上に年上だということを」

「わたしがなにか間違ったことをいったのなら、許してほしい」そういってわたしは自分の寝床に引きさがった。

「なにも謝る必要なんかありません。本心からそう思っていることはわかります。わたしは、二度と子供たちに会えないことを知っています。でもいまわのきわに、子供たちがまだ生きているかそうじゃないかに関係なく、子供たちを感じることも知ってるんです。これはわたしにとって大事なことです」

「きみはほんとうに奇妙だね、ケラ。どこからきたんだい？」

ケラは二本の茎を湾曲させて細いからだでわたしにしなだれかかる。

「ほんとうにわからないんです。ひどい経験がヴェールのようにかかって、記憶が消えてしまいました。わたしの私的な過去を感覚でとらえて、子供たちのファカッガチュアとコマンザタラに関してなにかを知ろうとしてみたのですが、すべて失敗しました。その過去はここにはありません。十二銀河の力の集合体と〝奇蹟〟における超越知性体エスタルトゥのように、ここに存在しないんです」

「わたしには理解できない、ケラ＝フア＝ザタラ」

「わたしにも理解できません。かつてわたしたちは三人いっしょでした。もうずいぶん前からいっしょではありません。その記憶が薄れ、わたしたちが宇宙の風のなかにまき散らされたときこのかた、たった一度だけ、同種のものの弱いシグナルを受けとったことがあります。ほとんどなにも理解できませんでした。それからまた時間が経過しました。その同種のものというのは、わたしの親戚筋であると思いますが、たしかなことはわかりません。彼女の名前はアルドルイタンザロといいました。彼女はエスタルトゥの庭園に住んでいて、だれかが彼女のことを〝雑草〟と呼んでました」

わたしは短い触角が揺れるまで首を振った。

「アルドルイタンザロ、エスタルトゥの庭園、雑草！　きみのせいでわたしの感覚はますます混乱してきたよ、ケラ＝フア＝ザタラ。わたしは自分の正気を疑うべきか？　それともきみの正気を疑うべきなのか、ちいさな植物よ？」

「あなたは、なにもすべきではありません。わたしはあなたになにかをしろとはいっていません。あなたはわたしのことをかつて食べ物として見てましたよね。それはほとんど〝雑草〟と変わりません。ひょっとしたら、わたしはとてもおいしかったかもしれません。そうしなかったことのお礼に、わたしにできる範囲で真実の話をしているのです。あなたが大きな光葉の種をまいた〝永劫の洞窟〟の最上層の領域に、なにか変わったことはないかと確認するために登るのはお勧めしません。

　わたしは、また、そこにあるものに触れたり、破壊したりするような影響をあたえようともしていません。わたしは、あなたが熱い武器を持っていることも知っています。きっとそれが必要になるときがきますから、それを持っているのはいいことです。あなたはわたしに何千もの質問を投げかけるでしょうね？　でも、わたしの答えはひとつしかありません。迷宮の最上層で見つけるものは、生命ゲームの遂行にほとんどなんの関係もないものです。そしてまた、わたしの死ともなんの関係もありません」

　わたしはなんといったらいいのかわからなかった。わたしの感情は混乱していた。わたしはいま、〝内なる平穏〟にしがみつくことはできない。わたしの発言はあるいは非常に愚鈍だったかもしれないが、隠者の内面の感情的な世界からおのずと出てきたものだった。

「アルドルイ？　それはきみの男性パートナーの名前なのか？　アルドルイ＝フア＝ケア＝ザタラ？」

「男性パートナーがいたことは一度もありません」彼女は大きな声で笑った。「わたしの子供たちとわたし、そしてアルドルイタンザロ、わたしたちは違います。さあ、お行きなさい、老人よ。上でなにが起きるのか見てきなさい。つまり、わたしには理解できませんが。あなたにはまだ充分な時間があります。しかし、無意味に浪費する理由にはなりません。わたしのいっていることがわかりますか？」

「行くよ、ちいさな魔女」いっている内容とは裏腹に、わたしの発言はおだやかなものだった。「そしてここにもどってきたら、きみになにか話してやるとしよう！　それから、きみを食ってやる！」

彼女はまた笑った。「わたしはそれとはべつの死に方ができると知ってます。わたしの人生をしあげる死、あなたがいま理解できるよりももっと深いしあわせをもたらす死。わたしがあなたにいっていないことを知ったなら、たぶんあなたは、真実の息吹を感じることでしょう。〝ロナルド・テケナー〟という名前は、あなたの意識に消えることなく根をおろすでしょう。そして衛星イジャルコルのなにも知らない隠者は関連性を知ることになるでしょう。そして出来ごとの真実を。そして自問するでしょう、ケラ＝ファア＝ザタラはほんとうのところなにを望んでいたのだろうかと。その疑問が明らかになるかどうかはべつの話です。そしていまはなにもわかりません」

わたしはなにも答えず、かんたんな道具が入った袋をとり、〝永劫の洞窟〟の上部領域へと登っていく。古いキチン質の甲とくたびれ果てた肉体のもろい筋肉を待っていたのは、数えきれないほどの洞窟、峡谷、通廊のある天井高《てんじょうだか》の十一の階層だった。

それでもある程度上機嫌でいられた。

〝内なる平穏〟もまたわたしのなかで目ざめた。そして、ケラ＝フア＝ザタラを救うためにあらゆる手をつくせと忠告する。

5

登るのはとてもかんたんだった。衰えたからだに、久しく考えもしなかった成果を可能にする新しい力が流れこんでくるようだった。好奇心といっしょにあらたな満足感を得ることができた。状況がべつなら、わたしは自分をおろか者とののしっていただろう。しかし、いまは多くのことがちがっている。

ケラ＝フア＝ザタラが話してくれたことは、ほぼぜんぶ信用している。ただ、彼女の死だけは信じることはできない。〝内なる平穏〟には大きな力がいろいろあり、わたし自身もすべてを知っているわけではない。わたしは未知の力を発見し、それを使って彼女を生かしつづけるのだ。

八番めの階層で巨大なものを見つけた。とても大きな機械で、不気味な気配が発散されている。このとほうもない構造物はまちがいなく、生命ゲームの決勝戦に関わるものだ。まだ動いていない。

わたしは腹をたててその鋼の正面壁にわたしの蟻酸を吐きかけた。だからといって、リアクションを引き起こしたりしなかった。わたしのプライヴェート領域に入ってくることなど許さない、ということを、技術的な闖入物《ちんにゅう》にしめすためだけの行為だった。

〝永劫の洞窟〟の最後の三階層を、同じ好奇心、同じ速度、同じ冷静さで克服するが、おしゃべりする植物ケラ＝フア＝ザタラと別れてからずっとあったのと同じ内面的興奮もあった。

〝永劫の洞窟〟の最上層の空間はとても明るかった。衛星イジャルコルの迷宮で長い年月をすごしてきたわたしの複眼は、半暗闇に慣れていた。だから視覚器官をここの明るさに調整適応させるには、一定の時間が必要だった。いままた、〝内なる平穏〟はその稀有《けう》な力でわたしを助けてくれた。

最上層でわたしはまず自分がどこにいるのかを知らなければならなかった。最後にここにきてからもうずいぶんたっていたからだ。そのとき、食糧品を備蓄するために、中央部分のわきの洞窟に大きな光葉の種をまいたのだった。わたしの心はすこし混乱していたが、それでもすぐに行き方がわかった。

すこしのあいだ、ケラ＝フア＝ザタラはわたしの一歩一歩を正確に追っているだろうと考えた。異論はない。彼女がまもなく死ぬと告げたことだけが、わたしの反抗心を呼び起こす。

光とりの穴がたくさんあるドーム状のホールに足を踏み入れ、ここで起きた変化を目のあたりにして、わたしは二重の意味で息をのんだ。まいた種が芽を出しているではないか。そしておいしそうな植物が蔓を巻いて伸びている。わたしの隠者の中枢神経を速く拍動させるほどに。もっとも背丈の高い植物はゆうにわたしをこえていた。いっておくがわたしはそんなにちいさいほうではない！

畑は、わたしの足で縦横百歩のひろさがある。その上方の衛星イジャルコルの地表に開いた光とりの穴はそれよりわずかにちいさい。わたしはこの印象をおちついて受け入れ、それが〝内なる平穏〟をあたえ、わたしの老いたパイリア人の魂に深く刺さっている第二の点を打ち消した。

光葉が果実をつけている。隠者存在の永劫ともいえる長い年月の末、わたしは〝永劫の洞窟〟のなかに理想的な食糧源を見つけたのだ！

ロワ・ダントン、サラアム・シイン、ロナルド・テケナー、生命ゲーム！　わたしの頭のなかを思いが駆けめぐる。とても残念なことに、植物の半分以上が焦《こ》げて死んでいたのだ。

なぜかというと……

……畑のまんなかに、円盤形をした宇宙船が八本の金属の脚で立っている！

未知なるものすべて、わたしのささやかな生活領域に闖入してくるもの、生命ゲーム、そしてそれらすべてに関連するものに対して、あらためて憎しみがわいた。それがケラ

＝フア＝ザタラの言葉とのはげしい精神的戦いを強いた。その言葉というのは、〝わたしはまた、そこにあるものに触れたり、破壊したりするような影響をあたえようともしていません〟

わたしの手は上下に分かれた衣服のふくらんだ部分に置かれているのだが、その下に、幸運な状況で見つけたインパルス銃をかくし持っている。わたしの内なる声が、それは〝内なる平穏〟から出てくるものなのだが、わたしの興奮した考えのなかで叫ぶ。その武器を〝永劫の洞窟〟内のすぐ近くにある沼の穴に投げ入れてしまえ、と。べつの声がささやく。わたしの植物の話し相手がいったではないか、わたしにはこの邪悪な道具がまだ必要だ、と。

わたしはなにもしなかった。円盤形の宇宙船をじっと見つめ、その冷たい壁に〝内なる平穏〟のメッセージを送った。すぐに反応があった。戦士イジャルコルに仕える大昔の若者の、異形《いぎょう》の夢の時代を思い起こさせるロボットがあらわれたのだ。ロボットの照明が柔らかく明滅する。〝内なる平穏〟が飛びうつったのだ。

「ロワ・ダントンとロナルド・テケナーはあなたがここに住んでいることを知っています」と、ブリキのマシンはくぐもった音を立てた。「かれらはあなたがここにいることを受け入れ、介入しません。かれらはなんら代償をもとめません。なぜなら、あなたがかれらの行動を妨害しないということを前提にしているからです」

わたしはきわめて深いショックを受け、〝内なる平穏〟の全力を中枢神経に投入して、答えあるいは質問をかたちにした。

「ここでなにをしようとしているのだ、ブリキ男？」と、わたしはようやく言葉を口に出した。

「どのように説明したらいいのか？　わたしは、よりよい未来のために働いている何名かの生物の手助けをしています。たとえその者たち自身が過去において大きな苦しみをこうむったにしてもです。そしてあなたに忠告します、いっさい関わりを持たないことを。いいかくれ場を見つけるのです、老人よ、さもないととんでもないトラブルに巻きこまれます！」

「おまえがだれを助けているというのだ？」わたしの言葉が炸裂した。「ネットウォーカーか？　永遠の戦士か？　生命ゲームか？　イジャルコルか？　プテルス種族の進行役か？　おまえはだれを助けているというのだ、ロボット？　おまえのプログラムはどのように機能している？」

「わたしはＳａｂ＝17です」ブリキ男はわたしの〝内なる平穏〟を知っている存在よりもさらにおちついて返事をした。「わたしは三名の組織員の脱出を助けるためにここにいます」

「組織員？　三名？」わたしはぐるぐるとめまぐるしいほどに考えた。そして真実に通じる正しい道を見つけた。「三名とは、ひとりのネットウォーカー、そしてけっして開催されない生命ゲームの主宰者であるふたりのテラナー、ロワ・ダントンとロナルド・テケナー。おまえはこれらの名前を知っているな？　わたしも知っている！　そうだ、おまえ、ブリキ男Ｓａｂ＝17、おまえはほかになにも知らないので、わたしを避けている。わたしの〝内なる平穏〟と、ケラ＝フア＝ザタラが話してくれたことが、おまえのプログラミングされた構造を混乱させている。おまえの目にはボロ切れをまとったパイリア人が見えているが、おまえが理解しているのはそれが敵ではないということだけだ。それは正しい。わたしはどんな生物にとっても敵ではない。だがわたしはネットウォーカーがなんであるかに関してすこしは知っている。驚いたか、Ｓａｂ＝17？」

金属マシンはなにも答えない。力強いからだをわたしに向かって押しやってきて、四つの手を持ちあげた。しかし、わたしには触れない。

「あなたは、わたしが口に出してはいけない……」と、ロボットはいう。「名前を用いています。わたしはごく簡潔にお願いします。立ち去りなさい！　わたしはロワ・ダントン、ロナルド・テケナー、サラアム・シインを待ちます。これで充分ですね？」

「わたしはケラ＝フア＝ザタラを知っている。これで充分か？」

わたしはまわれ右をし、その場を去る。〝永劫の洞窟〟上層階からのくだりは速かった。下へと降りながらわたしはＳａｂ＝17ロボットのことも、ロワ・ダントンあるいはロナルド・テケナーやサラアム・シインのことも考えていなかった。ただただ迷宮を抜けて下へ下へと進んだ。ケラ＝フア＝ザタラに会いたかった、それ以外のことはなにも望んでいなかった。

奇妙な音が聞こえたので、わたしは第七階層で静止した。そして、〝永劫の洞窟〟内のどの階層をも流れる給排水溝がしっかり見えるようになるまで、ちいさな空洞をいくつか注意深く横へと移動した。いま、これらのせまい空洞はほとんど乾燥していたので苦もなく進めた。

そこでわたしはライニシュを見つけた。ケラ＝フア＝ザタラの話からしかかれのことを知らなかったが、かれが五段階の衆のリーダーであることがすぐわかった。歯に武装したゆうに一ダースのソム人を引き連れている。かれらはみなわたしが若いころから知っている黒い革のベルトを身につけていた。

それはテレポート・ベルトと呼ばれていたものだ。それを使えば、惑星ソムとその衛星で、実質的に自在に移動することができる。つまり、わたしがとっくに忘れていたこの装置が、ここ〝永劫の洞窟〟でもわたしが気づかないうちにだれもが好きに出入りできたほんとうの理由だった。

基本的な認識のほうがより重要だ。つまり、かれらはここにいる！

かれらは待ち伏せしているのだ。だれを待っているのかを推測するのはむずかしくない。時間がわたしを追いこした。わたしは充分に見た。ケラ＝フア＝ザタラに会うために降下をつづける。

わたしはかれらに発見されたりはしない。〝永劫の洞窟〟で暮らす者は勝手がわかっているので、けっして発見されることはない。

ケラ＝フア＝ザタラはわたしを待っていた。わたしも彼女を待っていた。

闖入者との遭遇がわたしを考えさせた。わたしの友である植物は、彼女がかれらのせいで死ぬことになると予感しているのだろうか？　あるいは、ほかのだれか、あるいはなにかのせいで？

そして、彼女はわたしになにをかくしているのだろう？

＊

「あなたは命のない生物のいる宇宙船を発見したのですか？」ケラ＝フア＝ザタラは奇妙な言いまわしでわたしを迎えた。わたしはすこし面くらったものの、彼女がロボットのことをいっているのだと理解した。

「かれの名前はＳａｂ＝17で、知性のあるマシンだ」と、わたし。「ロボットと話した。しかし、ほかにも発見したものがある。ライニシュとかれの配下はすでに〝永劫の洞窟〟にいる。ソム出身の不快な鳥類の子孫が少数、かれのところにいる。かれらは技術装備を携帯し、目下、第七階層の給排水溝にいる」

「あなたのいうとおりです、老いたパイリア人」彼女はとても思慮深く見えた。おそらく、理解できない感覚で外の事象に耳をかたむけていたのだろう。「ことが動きはじめています。あちこちで重要な出来ごとが起こっています。ちょっとした未来の多くの部分はまだ不確かですが、いくつかは永遠によって作成されたかのように決定されているものもあります」

「謎めいた話し方をするんだな、ちいさなケラ」

「それは変えられますよ、隠者」ケラはちいさく笑った。「生命ゲームのふたりの主宰者は、イジャルコルの宮殿のすぐ近くに司令所を持っています。そこでかれらは計画されたゲームの準備をしました。そしてそこからすべてが指揮されることになっています。サラアム・シインはそこにとどまります。多くの協力者、命のない生物、そしてマシンもそこにとどまります。いま、ロワ・ダントン、ロナルド・テケナー、サラアム・シインは、数日前に掘った衛星地下トンネルを通ってその場所をひそかに去りました。かれらの協力者はそのことをなにも知りません。そして戦士の宮殿にいる者たちもだれひとりとしてかれらがひそかに脱出したことを知りません。重要な瞬間が力強い足どりで近づいているとわたしは考えます」

わたしは寝床にすわる。「かれらは徒歩で移動しているのか？　理解できない。なぜならライニシュとその配下でさえテレポート・ベルトを持っているのだから。まあいい、話をつづけてくれ、ケラ＝フア＝ザタラ。われわれになにができる？」

「なにもできません、ジェオ。われわれは生命ゲームのエキストラでさえないんですから。そして現実におこなわれるゲームのなかでは、実際のプレイヤーはわたしたちのことなんて知らないんですから。あなたのことを知っている者も何名かはいますが、かれらはあなたを無視しました。最上層の宇宙船にいる命のない生物の発言からもそれは立証されています。そしてわたしのことはかれらのだれもなにも知りません」

「で、ライニシュは？」

「かれはあなたのこともわたしのことも知りません。かれはイジャルコルへの面会を許されなかったあと、推測をもとに行動しています。かれはなにかを予感し、ふたりの主宰者を執拗に追いかけています。そしてサラアム・シインの最悪の背信行為を疑っています」

「まちがいではない」

「人は見たいように見るものです。かれは、ダントン、テケナー、シインが脱出し、とりあえず〝永劫の洞窟〟に身をかくすのではないかと推測したのです。迷宮は理想的なかくれ場ですから。かれは宇宙船についてはまだなにも知りません。わたしは、ふたりのテラナーのあとを追うことができます。そしてとりわけ、より理解しやすいオファラーのあとも。ともあれ、敵たちはここで出会うでしょう」

「そういうことはわたし向きではない。敵対する者同士のあいだにはさまれる気はない。われわれ、ここから姿を消さなくてはならない」

「遅すぎます、老人。あなたには変えられないことがあります。のぞき穴のところまで登ってください。外の冷え冷えとした峡谷でなにが見えるか教えてください。なぜって、わたしにはわからないからです」

「生命ゲームのことか？」

「いいえ、ジェオ。最初の戦いはここでは起こりません。でもオファルの合唱団が本来の祝祭の歌を歌いだす瞬間が迫っています。さあ、窓に登ってください」

わたしは疲れたからだを起こす。ときおりイジャルコルの宮殿をのぞき見た穴まで登るのはかんたんだった。どこに足をかけたらいいか、どこに手をかけて握ったらいいかをよく知っていたからだ。それでもあやうく滑落しそうになる。わたしは最後の一歩で〝内なる平穏〟を呼んだ。それはわたしに必要な心の安定をあたえてくれた。

そしてようやく、わたしは自然の窓の胸壁にもたれかかった。

外は格別に明るいわけではなかった。恒星ソムはすでに戦士の宮殿のうしろにあった。まもなく夜になる。まだ早朝だと思っていたので、時間感覚を失っていたことにすこしばかり驚いた。

「なにが見えますか。老人？」下からケラ＝フア＝ザタラが訊いてきた。

「しだいに暗くなってきた」

「目を凝《こ》らしなさい。峡谷のどこかにサラアム・シインを感じます。ふたりのテラナーはきっとかれといっしょです。でもロワ・ダントンとロナルド・テケナーをほんとうには感じません。ふたりはわたしには未知すぎるのです」

わたしは、荒涼とした一帯をくまなく探した。ようやく、夕べの深い影にまぎれて〝永劫の洞窟〟に近づいてくる三名の生物の姿を見つけた。これが問題の生物かどうかはわからないが。

このことを植物に伝え、三名の身元に関する疑問についても言及した。確実にかれらにはすぐれた技術的補助手段があり、とくにテレポート・システムを自由に使えるのに、自分たちの足を使って移動しているということに合点がいかない。

「ライニシュもそう思うでしょう」と、ケラ＝フア＝ザタラはいった。「かれはかれらを待ち伏せしています。でも、戦いにはなりません」

「わたしにはわからない」

「いまに、わかりますよ、老いた隠者。かれらがどこから〝永劫の洞窟〟に入るか見当がつきますか？」

「ここからそう遠くないところ」と、わたしは答えた。「かれらが進む方向を変えなければ。かれらが向かう先はきっとあの宇宙船だ」

「まちがいなくそうです。だからライニシュはそのあいだで待ちかまえて……」

彼女は発言を途中でやめた。

わたしもあっけにとられ、岩の出っ張りにしがみついた。

なんとも表現しにくいなにかが空中にあった。それはいたるところでぱちぱちぱりぱり音を立てているようだ。まるで衛星イジャルコルが生き返ったかのように思われた。ケラもまたそう感じているようだ。青紅色の花の頭をおぼつかなげにゆらゆらさせている。言葉ではいいあらわすことのできないこのなにかは、わたしの意識のなかにも入りこんできた。

空気が帯電しているようだ。まるで宇宙でもっとも遠い音がわたしの周囲でかすかに響いているようなのだが、実際にはなにも聞こえていない。衛星イジャルコルの夕空はふたたびほのかに明るくなり、異常なグリーンに輝いていた。得体《えたい》のしれない気分がひろがる。

わたしのはるか下〝永劫の洞窟〟の外で、イジャルコルの峡谷を急いでいた三名の姿は、わたしからはもう見えない。

色とりどりの光の噴水が戦士の宮殿の近くで高くあがり、夕空のひろがりのなかに消えていく。強大な建物の姿が目の前で数秒間かすんだ。足もとの地面がすこし揺れた。突然わたしは、これには〝内なる平穏〟さえもなんの助けにもならないのではないかという恐怖を感じた。

「これはなんなのだ、ちいさなケラ？」興奮してわたしは下に向かって叫んだ。

「オファルの合唱団が生命ゲームの本来の祝祭の歌を歌いはじめたのです」と、くぐもった声でケラ＝フア＝ザタラが答えた。「わたしがちょっと先の未来にすでに見たのと同じことが起こっています。サラアム・シインの曲に合わせて百万名のオファラーがいっしょに歌うことは、本来まったく無害なのでしょうが、それでも、シオム・ソム銀河の大部分を揺るがすプシオン性振動をもたらしています」

「なんだって？」わたしは大急ぎでケラのところへ降りていこうとしたが、彼女は見張りをつづけるよういうのだった。「そんなことはわたしにはわからない。わかるのは、自分が恐怖に襲われているということだけだ」

「わたしにもわかりません」と、彼女はいう。「しかし、わたしは名歌手シインの考えを聞くことができます。かれはちょうどいま、同行者ともども〝永劫の洞窟〟に入ったところです。かれは同種族が歌っている歌に付随するプシオン・エネルギーのことを考えています。それは、王の門のプシオン性マシンのプロセスにも、第二惑星ソムと第三惑星ソマトリ、衛星キュリオと衛星イジャルコルのあいだを接続するテレポート・システムにも影響をあたえます」

「わたしにはなにもわからない」わたしはまた大きな声でいう。「しかし、戦いの銃声と喧騒が聞こえる」

ケラ＝フア＝ザタラはわたしの言葉には反応をしめさず、ひとりごとのようにつづけていう。

「オファルの合唱団のプシオン・エネルギーは、テレポートの技術システムと紋章の門に共振を生みだします。エネルギーがしだいに強く揺れ動きます。そしてオファルの合唱団はつねに新しいインパルスを供給します。この展開は衛星イジャルコルですでにはじまっています。テレポート・システムはここではもう機能しません。ライニシュとその配下は移動がきわめて阻害されていますので、サラアム・シインとふたりのテラナーはとりあえずかれらに会わずにすみます。しかし、五段階の衆のリーダーは敵に対してあらかじめ準備していました。かれらはすぐには宇宙船にたどり着けないでしょう」

「われわれ、ここにただぼんやりつっ立っているわけにはいかない」わたしは興奮をおさえきれない。〝内なる平穏〟はほぼ完全に働かなくなった。キチン質の甲がリズミカルに震えはじめた。そしていま、サラアム・シインとふたりのテラナーが徒歩移動した理由を理解した。かれらはテレポート・システムが崩壊寸前であることを知っていたのだ。

「観察をつづけてください」と、ケラ＝フア＝ザタラはいう。「わたしは自分自身のことで手いっぱいです。オファルの歌のプシオン・エネルギーがわたしのなかにも入ってきます。わたしはひとつの共振点なんです」

わたしはこれはケラの死と関わりがあると予感し、ひどく狼狽《ろうばい》し、沈黙した。彼女はまだ正常に見える。〝永劫の洞窟〟を通ってわたしの聴覚神経にひずんでとどいていた戦闘の喧騒が、突然、なくなった。

「重要なこと、得体のしれないこと」ケラ＝フア＝ザタラが、ほとんど聞こえないくらいのちいさな声でいう。わたしはふたたびのぞき穴からじっと見つめた。

奇妙な光の現象がつづく。

「共振はいまは惑星ソムにひろがっています」と、植物がいう。「そこにあるテレポート・システムの技術的結合点は、歌による大量のプシオン・エネルギーの力で爆発します」

「わたしにはソムが見えない」と、わたし。

「もちろん見えません、老いたおばかさん。距離がありすぎます」

「空全体がグリーンの光につつまれている、ケラ」

「いま王の門は崩壊しました、老人。これにより光速よりも速い衝撃波の前線が引き起こされ、パイリアとロムボクにいるオファルの歌とともにすべての紋章の門にプシオン

・エネルギーを伝達します。シオム・ソム銀河最大のカタストロフィが迫っています。そしてそのエネルギーがわたしのなかでも暴《あば》れまくっています。わたしは破壊……」

途中で言葉がとぎれた。わたしは彼女のところへ大急ぎで降りていった。

ケラの花の頭は閉じていた。四枚の葉はくたっと垂れ下がり、茎はひどく片側にかたむいている。

「ケラ！」わたしは叫んだ。「死んじゃいけない！」

「氷」ケラは聞こえるか聞こえないかのちいさな声でいう。「氷をお願い、氷をたくさん」

6

「もうひとつ話をしておくれ、ちいさなケラよ！　もうひとつ、そうすればわたしの時間が、宇宙の血管をより速く流れていく！」

ケラ＝フア＝ザタラは動かなかった。もうささやきもしない。わたしの意識は深い落胆に襲われた。わたしは心の内で、イジャルコル、ライニシュ、サラアム・シイン、ふたりのテラナー、そして生命ゲームを呪った。

ずっと前から〝永劫の洞窟〟に暗闇がもどっていた。しかし、あちこちでおびただしい数のキノコがかすかな光を放っているので、わたしはいまでもまだ充分に見ることができる。わたしの複眼は変化する光の状態に順応した。迷宮の様相はいまはもう別物になってしまっているが、わたしにはすくなからずなじみのあるものだ。

そのうえ衛星イジャルコルの夜空は、いつもより明るく輝いていた。この現象が、オファルの合唱団の歌が引き起こしたカオスに起因していることを、わたしは知っている。

ケラ＝フア＝ザタラに変化はない。彼女は実際のところ、死んでいるようには見えない……だが、生きているようにも見えない。

わたしはあちこちひっかきまわして食べ物ののこりを探し、力をつけた。まだ咀嚼《そしやく》しているうちに、通路や洞窟からかすかな音が聞こえてきたが、それがどこからくるのか、はっきりとはわからない。ケラが最後にいった言葉がいまだにわたしのなかで燃えている。氷がほしいという彼女の要求はばかげている。〝永劫の洞窟〟のなかで水が凍るような温度の場所はないのだから。

絶望的な気持ちでわたしは出発する。そのさい、わたしは〝内なる平穏〟のすべての力を活性化させた。ほぼ完全な暗闇のなかではすばやい動きができないので、一歩一歩ゆっくりと歩を進めた。岩壁に光っている個所があり、そのおかげで横方面への道がしめされた。

頭のなかでとっぴな計画ができつつあった。わたしには助けが必要だとわかっていたのだから。わたしは下階層へとおり、横移動していく。サラアム・シインとふたりのテラナーが〝永劫の洞窟〟に踏み入ったと考えられる場所に行かなければならない。ついに最下層の岩の張り出しにたどり着いた。そこから二本の小道が直接外へと通じている。

衛星イジャルコルの空では不規則な光がちらちらしている。すでにそれにはもう慣れた。はるかに驚くべきなのは、だんだんできあがっていくびっしり密な雲の層だ。こんな自然現象をここでは見たことがなかった。おそらくはこの変化もまた、オファルの歌あるいはプシオン衝撃波に関連したものなのだろう。

大地を伝うかすかな震動が、ふたたび明確なものになってきた。それは不規則な時間隔で大きくなり、やがて消えた。

惑星ソムもはっきり見えるようになった。明るいグリーンのコロナにつつまれた薄い鎌。惑星の夜の側に、距離がとても遠いにもかかわらず、ほかにも発光現象がある。それはわたしの視点からすると、もちろんごくちいさいものだが。わたしは推測する、王の門がそこにあるのだろう、と。

あるいは、その残存物が。

内なるものおじのせいで、さらに外界へと踏みだすことができない。それで〝永劫の洞窟〟に出入りできるべつの場所に向かって、岩の出っ張りの下を歩きだした。あやうく暗い影につまずくところだった。わたしは立ちどまり、調べた。それはソム人で、死んでいた。装備のほとんどがなくなっている。テレポート・ベルトなどのほかの装備は壊されていた。死んでいる鳥類の末裔《まつえい》からそうはなれていないところに、ふたりめの死体があった。撃たれたソム人の上半身はばらばらに引き裂かれていた。

吐き気をもよおし、先へと進む。しかし、頭をめぐらせる。あのふたりのソム人はそもそもライニシュの従者にすぎないではないか。おそらくかれらの任務は、まさにイジャルコルの宮殿に向かっているこの迷宮への入口を確保することだったはずだ。サラアム・シインおよびふたりのテラナーとの戦闘で死んだにちがいない。

わたしは〝永劫の洞窟〟で、長い長い年月平和にすごしてきた。そしていまここで戦いが起こった。それに対処するには、〝内なる平穏〟のすべてのインパルスが必要だ。つい胸に手が行き、まだ持っていた武器のふくらみを感じた。それがわたしの反抗心を強くした。

わたしはわたしの道を歩みつづけ、洞窟に引き返す。ここは比較的明るいが、シュプールを認識できるほど充分明るいとはいえない。がれ場をよじ登って第二層へ行く。そこにはちいさな洞窟がたくさんあり、わたし自身はそのすべてを正確に知っているわけではない。ちょっとした音を立ててしまったが、そんなことはどうでもいいことだ。

ちいさな洞窟の出入口に、ことさらに明るいキノコの群生地があった。横の開口部から外のちらちらする光が入ってきている。自分の位置をたしかめた。わたしが行きたいと思っている方角は、いくつもの大きな岩でふさがれていることがわかった。どれも完璧に自然に見えるが、つい最近になって手がくわえられたようだと確信した。

耳を澄ませたが、したたり落ちる数滴の水の音以外なにもわたしの聴覚にとどいてこない。

ちいさな洞窟がたくさんあるこのあたりには、ほかにいくつも通廊がある。わたしは次のひとつに行ってみた。とてもちいさい。ちょうどその開口部を通り抜けたときだ、ちいさな箱にぶつかった。それは、石にぶつかったときに金属が立てる音を出した。すばやくわたしはそれをつかんだ。

実際のところそれはちいさな直方体だった。一面から短いピンが飛びだしていた。どのように機能するものか、わたしには想像すらできない。おそらく生命ゲームの技術的な準備のものだろう。

箱をマントに押しこんでさらに進むと、そこにはかなり大きな空間があった。そのときなじみのないにおいがしてきた。きっとここにだれかいたんだ。わたしは動揺したが、前進した。しずかに動けば、問題はない。

通洞はひろがって最初の洞窟になっている。わたしの記憶によれば直径が十歩しかない。ここは一寸先も見えない暗さだ。発光スポンジをとりだそうかと思ったが、暗闇のなか、二本あるうちのもう一本の通路を探し出して、次の洞窟へ行こうと決めた。

うまくいった。つなぎの通洞を見つけた。壁に弱々しいようすのキノコが生えていて、冷たい感じだが充分な明るさを提供している。自然にできた階段を数段あがって、隣接する空間に入る。

未知の影がいくつかあり、わたしはたじろぐ。

「だれかそこにいるのなら」と、わたしは〝内なる平穏〟の力を借りていう。「いわせてもらうが、わたしはひとりだし、完全に無害だ」

人工のハンドライトがぱっと明るくなり、光がわたしの顔にあたった。わたしは目がくらんでまぶたを閉じるしかなかった。

＊

「いったいだれなんだ？」はっきりした声が聞こえた。「洞窟の精霊のようには見えないぞ！」

「隠者以外にはありえない」と、二番めの声が答える。「イジャルコルの助言者がそういっていた。かれなら危険はない」

目が明るさに慣れるようにと、すこしまばたきをした。しばらくそうしていた。それからわたしは顔から手をはなすことができた。

見知らぬ者が三名いた。そのうちのふたりがわたしに武器を向けている。だれなのかすぐにわかった。

「サラアム・シインだな」わたしはオファラーを指さした。「それと、ロワ・ダントンとロナルド・テケナー。わたしの名はジェオ、かつてパイリア人だった。長い長い年月〝永劫の洞窟〟の隠者としてここに住んでいる」

「おやおや！」テラナーのうちのひとりが……きっとロナルド・テケナーだと思うが……わたしに近よってきた。「あなたは驚くほどよく知っているな、老人よ。あなたには透視能力があるのか?」

「いや」と、わたしはこうべを振り、「わたしにはないが、ケラ゠ファア゠ザタラにはある。あなたはロナルド・テケナーだね?」

わたしがテケナーだろうと推測したあばた面の見知らぬ男は、不審げだった。かれはわたしに近づいてきて、からだに触った。もちろんかれは、武器と、洞窟の出入口でまずいたちいさな箱を見つけた。こうべを振りながら、見つけたものをふたつともとりあげた。

「これはわれわれの警告センサーだし」と、かれは驚く。「こっちは生命ゲーム用の武器庫にあるインパルス銃だ」

「かれに向けてちょっと歌おうか」オファラーのサラアム・シインがはじめて口を開いた。「そうすれば、かれは知っていることをすべて吐露する。合唱団がなくてもできる」

「わたしになにかを強制する必要はない」わたしは抵抗した。「こちらの要求をふたつかなえてくれるなら、あなたがたにわたしの助力を提供する。わたしは確実にあなたがたの助けになる」

「すわろうじゃないか」ロワ・ダントンはわたしの顔にあてていたランプの向きを変えて、目がくらまないようにしてくれた。わたしはかれの申し出に応じてすわった。サラアム・シインとロナルド・テケナーも腰をおろした。「さあ、いってもらおうか、ジェオ。どこからわれわれの名前を知ったのか、その要求はなにか、そしてどのようにしてわれわれを助けたいというんだね」

「それと、ケラ＝フア＝ザタラとはだれなのだ」ロナルド・テケナーがつけくわえた。

「わたしの要望からいう」わたしは断固としていった。「そのひとつが緊急を要することだから。わたしはすぐにも氷がほしい。水の凍ったやつのことだが、わかるね？　それが手に入らなかったら、ケラ＝フア＝ザタラはきっとまもなく死んでしまう。あなたがたにも彼女は必要になる。わたしは彼女を死なせたくない。孤独のなかにあって、わたしには彼女しかいないのだ」

「氷？」あばた顔の男は、わたしの正気を疑うように、驚きのまなざしでわたしをじっと見た。

「彼女は病気になった」わたしは、自分自身でも正確には理解できていないことを説明しようとした。「オファラーのプシオン性の歌のせいで。どうやら、わたしがいってることを理解していないようだ。話を先に進めさせてもらう……」

＊

ケラ＝フア＝ザタラとともにすごしたわたしの人生、彼女の奇妙な能力や願ってやまないこと、そして生命ゲームがはじまってからの最近の出来ごとに関して、かんたんに話して聞かせた。ただライニシュと部下のことは話さなかった。最上層階にある宇宙船のことも話さなかった。

「この老人がいっていることが正しいのなら」最初に口を開いたのは、サラアム・シィンだった。「計画が完全にうまくいったことになる。わたしはケラ＝フア＝ザタラという植物のことがもっと知りたい」

ダントンとテケナーが小声で話し合った。それから、あばた男がわたしのほうを向いて、

「いいかよく聞いてくれ、ジェオ。われわれ、あなたのいうことを信じる。たしかに、われわれ、あなたに助けてもらう必要があると思う。というのも、最初に数名のソム人に出くわしたとき、あなたが〝永劫の洞窟〟と呼んでいる迷宮に関する重要文書を失くしてしまったのだ。目的地にたどり着くには、位置確認に若干問題がある。だがわれわれ、あなたがまだかくしていることがすこしあるとも考えている。なぜだ？」

わたしは、これらの示唆《しさ》に関して、とりわけ位置確認のむずかしさと目的地に関するわたしの役割を考えた。最後の質問に関しては無視した。

「切り札はとっておく」と、わたしは冷静に対応した。「氷を手に入れるまでは。そしてあなたがたがわたしのふたつめの願いをかなえてくれるまでは。つまり、あなたがた

がそろって〝永劫の洞窟〟から永遠に姿を消すまでは、ということだ。ここはわたしの世界だ」

「できることなら、われわれも去りたい」と、ロナルド・テケナー。「いくつか阻害要因があるのだ」

「知っている。氷をもらえるか？」

ダントンとテケナーは見つめあった。それからわたしには理解できない言語で話した。そしてあばた男がわたしに向かって、

「水がどこにあるか教えてくれれば、なんとかなるかもしれない。しかし、まずいことがある。重武装したソム人が数名、この迷宮のどこかでわれわれを待ち伏せている。かれらはわれわれに対して腹をたてている」

「それも知っている」わたしはすぐに口をはさんだ。「わたしは殺害されたソム人をふたり見つけた。ほかに何名殺した？」

「聞くんだ、友よ」テケナーは先ほどよりも明確にきびしく、脅すようなニュアンスで話した。〝内なる平穏〟はかれには効果がないようだ。「わたしは侮辱されるのが好きではない。三名はわれわれを殺そうとした。わかると思うが、われわれとしては正当防衛だった。おまけにそのうちのひとりは逃げた」

「もういいから」わたしは態度をやわらげた。「ひとりをとり逃がしたのはあなたがた

の愚行だ。〝永劫の洞窟〟に、歯に武装したソム人がすくなくとも十三名いる」

「どうしてそんなことがわかるんだ？」

わたしは、その質問に答えるのではなく、テラナーをさらにわたしが思う方向に誘いこむことにした。

「すくなくとも十三名だ」と、わたし。「十五名見た。あなたがたが正当防衛でふたり殺した。そしてかれらのほかにリーダーがいる。わたしはそれを数に入れなかった」

またもやふたりのテラナーは視線をかわし合う。オファラーは口をはさまずに会話を聞いていた。とても注意深く。

「あなたがいうリーダーというのは、ジェオ？」ロワ・ダントンが知ろうとする。

「それに関しても、ケラ＝フア＝ザタラのために氷をくれたら話す」

ゲームがわたしの思惑どおりになったと感じ、わたしはまた優位に立った。この闖入者たちに対して如才なくふるまうのは、ケラ＝フア＝ザタラの助けになるものを手に入れるため以外に理由はない。

「いますぐいってくれないか」あばたの男は要求する。「そうしたら氷をやる。そしてわれわれを、迷宮を抜けてどこかとても高いところにあるはずの場所に連れていってもらいたい」

わたしはしゃべらない。

突然、なにかにつかまれた感じがした。オファラーをじっと見る。わたしをなだめいいなりにしようとする奇妙な音色が聞こえる。サラアム・シインのプシオン性の歌唱法に関して、ケラ＝フア＝ザタラから充分に学んでいた。

わたしは目を閉じ、〝内なる平穏〟に全力で集中する。プシオン性の歌はますます強力になった。しかし、その力はわたしにあたって跳ね返る。

「もう、かれにたずねることができると思うのだが」と、サラアム・シインはいった。

「さっきと同じ答えしかいわない」わたしは大急ぎでいった。歌による圧迫がほとんど耐えられないくらいにまでなっていたのだ。そしてそのことをさとられるわけにはいかなかった。「わたしの〝内なる平穏〟は、プシオン思考注射に対して免疫力があるのだ」

サラアム・シインは、なにも影響をおよぼせなかったことを認めざるをえなかった。かれはプシオン性の歌をつづけるのをやめた。わたしは老いたキチン質の甲のなかでとても快適に感じた。

「あなたはわたしにとってちょっと不気味になっている、老人」テケナーの目がスリットのように細くなる。「サラアムはもっといろんなことができる。自発的に話したほうがいいと思うが」

「わたしはかれが〝ナムバク・シワ〟と呼んでいる〝死の歌〟を恐れていない」わたし

はあけすけにいう。「そのことについてわたしが知っていることにも、あなたがたは驚いたにちがいない。あなたがたは、わたしとケラ＝フア＝ザタラを正当にあつかったほうがいい、彼女はほとんどなんでも知っているんだから。彼女は空間的に近いことも遠いことも見ることができるし、ちょっと過去のことやちょっと未来のこともわかるんだ」


ロナルド・テケナーはみずからの意志でわたしに近よってきて、わたしの手をとった。

「わかった、ジェオ。しかし、わたしは警告しておく。われわれは自分たちの身は自分たちで充分に守れる。あなたがわれわれをあざむくようなことがあったら、悲惨な結果になる可能性もある」

「死んだソム人のことを考えさえすれば、あなたがたが冗談をいっているのではないとわかる」そしてロワ・ダントンもわたしに握手をしてきた。サラアム・シインは身振りで承認の気持ちをあらわした。

「聞いてほしい、この時だけの友よ」わたしはつづける。「あなたがたの厚意に感謝する。氷の件をわたしは真剣に考えている。ケラ＝フア＝ザタラが自分はもうすぐ死ぬと予言しているので、氷の入手がまにあうかどうかわからない。彼女が間違った未来を見たことを、わたしは強く望んでいる。そしてわたしの善意を証明するために、ソム人戦闘員のリーダーはあなたがたの知らぬ者ではないかもしれないと教えておく。かれは容赦ないハンターだ。ケラ＝フア＝ザタラがいったことだ。かれの名前はライニシュ」

ふたりのテラナーは、明らかに驚いた。

「ライニシュが迷宮内にいるのか？」ロワ・ダントンは再度わたしにたずねた。

「かれはここにいる」と、わたしは答える。「この目で見た。かれは第七階層に自分のねぐらを設営している。たぶんかれは、夜がくるのを待ってからあなたがたの捜索にとりかかる。ついでにいうと、あなたがたはおそらく、出入口を見張っていた戦闘員との戦いで〝永劫の洞窟〟の資料を失くしたんだろう。それと、Ｓａｂ＝17ロボットを搭載した宇宙船が待機している場所に関しての情報も」

「かれはほんとうになんでもお見通しだ！」あばたの男が驚く。しかし、その口調はすっかり友好的になっていた。

「わたしには見通す力はない。それができるのはケラ＝フア＝ザタラだ。わたしはその宇宙船をじかに見た。ロボットとも話した。しかし、そこへ行く道筋を教えてくれたのはわたしの友、おしゃべりする植物ケラ＝フア＝ザタラだ。わたしを助けてくれるなら、あなたがたを宇宙船のところへ連れていく。そして信じてくれていいが、ライニシュに出くわすことなく連れていける。わたしはここのどの石も知っているから」

「あなたはわれわれにとってまたとない友だ！」ロナルド・テケナーはなおいっそう友好的にわたしの肩をたたき、「わたしをテクと呼んでくれ」

「これでたぶんすべて話した」と、わたし。「ケラ＝フア＝ザタラのところへ行くので、わたしについてくるように。ライニシュと部下が知らない道を行く。〝永劫の洞窟〟の十一階層すべてにのびる縦坑《たてあな》があるので、あなたがたが持ってる人工照明はなるべく使わないように。途中で水があるところを教える。それで、ちいさなケラに持っていく氷をつくってほしい。わかったろうか、テク？」

「了解した、老いたアリ」わたしは、テクが親しみをこめていっているのだと感じた。

「あなたがわれわれのところへこなかったら、われわれはなにをしたらいいのかわからなかった。さあ、先を行ってくれ」

＊

帰り道はべつのルートをとらなければならなかった。ダントンたちがきっとたてるであろう物音が、ライニシュや戦士を招きよせてしまうかもしれないので、第七階層あるいはそれより上の階層に通じる縦坑を避けなければならなくなったのだ。それに、水場に行かなければならない。決勝に向けて準備された湖にはあえて近づかなかった。テラナーとオファラーがとても巧みに、そしてしずかに動くことができるので、わたしは驚いた。訓練された戦士にちがいない。

すぐにわたしのはらっていた用心はよけいなことだとわかった。〝永劫の洞窟〟に轟《ごう》音《おん》が生じたのだ。

「いまのはなんだ、ジェオ？」テクが訊いてきた。

わたしはその場にいるように指示した。湾曲した交差路がここからのぞき穴に通じていて、そこから谷を見ることができる。わたしは見たものに驚いた。

衛星イジャルコルの地表で嵐が吹き荒れている。空は暗い雲におおわれ、視界がさえぎられ、惑星ソムが見えない。

突風が衛星の塵を高く舞いあがらせ、それが淡い緑の光のなかで輪舞を踊っている。嵐が見わたすかぎりにひろがっている。いまのところ戦士の宮殿は追加のバリア・フィールドの下にあるので、大気は人工的に安定状態をたもっている。

暴風の副作用で、〝永劫の洞窟〟の縦坑に轟轟《ごうごう》たる音が引き起こされたのだ。このような自然現象は、わたしにとってもまったく新しいものだった。これもまた、オファルの合唱団に起因することなのだろう。

わたしはすぐにこの時だけの友たちのところにもどり、観察結果を報告した。オファラーの歌が引き起こした副作用ではないかというわたしの推測を、サラアム・シインが認めた。

われわれは前進した。衛星の地中では騒がしい音がふたたび強くなり、わたしはそれが不安だったので、三名の同行者に伝えた。

「なにも起こりはしない」と、オファラーがいいはった。

ようやくわれわれは水場にたどり着いた。ふたりのテラナーは袋ふたつに水を満たし、装備品のひとつ、湾曲した金属物をそのなかにとりつけた。

「あなたのケラ＝フア＝ザタラのところに着くまでには」と、テクがいう。「大きな氷の塊りができている。行くぞ、前進！」

すこし恐いような気もしたが、記憶の糸をたぐった。そのさい、両親が食べ物の鮮度をたもつために同じような方法で氷をつくっていたのを思いだした。ふたたびわたしのなかには〝内なる平穏〟がある。

われわれはわたしの居住洞窟に到着した。到着したとき、壁の発光スポンジがひとりでにより明るく輝く。それも〝内なる平穏〟の効果だ。テラナーたちは明らかに驚いていたが、オファラーはおちついたもので、何事もない顔をしている。

わたしはかれらにわたしのケラを見せた。外観はわたしが出かけたときとくらべて、ほとんど変わっていなかった。葉がすこししおれているような気もしたが、気のせいかもしれない。

「で、どうすれば？」テクがたずねた。

「茎を氷のなかに入れて」わたしは自動的にいった。ばかげたことに思われるこの考えが、どうしてわたしの頭に浮かんだのかわからない。あるいはこの言葉を吹きこんだ声が、わたしのなかにあったのだろうか？　「そしてのこりの氷は根っこのそばの地面に置いて」

テクはこうべを振り、「そんなことしたら、ケラを死なせるだけだ、ジェオ」

「ケラ＝ファ＝ザタラはあなたが考えるような意味での植物ではない」と、わたしは反論する。「彼女はまったくちがう。わたしがいったようにしてもらいたい」

ふたりのテラナーは相いかわらずこうべを振りながらも、わたしがいったとおりにしてくれた。すぐにケラの下半分は氷でおおわれた。

すぐさま反応があった。ケラ＝ファ＝ザタラは砕けて暗い塵となり、あっというまに氷にしみこんだ。消えるとすぐに、氷の塊りから茎が高く伸びた。氷の塊りの最後の部分がすごいスピードで溶けて流れる一方で、彼女は再生した。四枚の濃いグリーンの葉が顔を出し、開いた。それから新しくてまだ閉じた状態の花の頭が、〝永劫の洞窟〟の暗くてめまぐるしい夜に向かって伸びていった。

テラナーたちは驚嘆の声を発した。わたしは満足していった。

「どうだい、彼女はまったく違うってこと、信じてくれただろうか？」

花の頭も開き、わたしが知っているかたちになった。赤い輝きはしかし明らかに精彩がない。

「ケラ＝ファ＝ザタラ！」わたしは大きな声で呼ぶ。「聞こえるかい？」

「もちろんですとも、老いた洞窟の隠者よ」そしてためらうことなく、「わたしは再生できました。すばらしい氷をありがとう。あなたが氷を手に入れられるかどうか、わかりませんでした。こんなちょっと未来のことも見ることができませんでした。お客さんを連れてきたんですね。テラナーのロワ・ダントンとロナルド・テケナー、そして、数えきれないほど大勢のオファルの合唱団が歌うプシオン性の歌のせいでわたしはほとんど死にかけたわけですが、それを指導する名歌手のサラアム・シインにも挨拶します」

サラアム・シインの反応は、実際には謝罪のように聞こえる、混乱したようなささえずるような音だった。かれはいった。

「副作用を申しわけなく思っている、ケラ＝フア＝ザタラ。あなたのような存在をいままで見たことがない。生命ゲームのメロディに直接反応する生物がいるとは思いもしなかった。というのも、これらのメロディをわたしはもっぱらマシン用に作曲したのだ」

「そのことであなたやテラナーを恨みに思ってはいません。わたしはほかと違っていると、ジェオがいったでしょう。わたしは衛星イジャルコルの出身でも惑星ソムの出身でもありません。わたしはシオム・ソム銀河の者ではないし、力の集合体エスタルトゥの者でもない。ロワ・ダントンやロナルド・テケナーの出身地である天の川銀河とも関係ありません。天の川銀河出身の者たちの考えていることがようやく汲みとれるようになりました。わたしは違うんです。でもどうか、わたしがどう違うかとかどこからきたのかとか、たずねないでください。そのような質問に対する答えを知らないのですから」

「わたしは心底驚いている」テクがわたしのほうを向いていった。「あなたがわれわれに話してくれたことは、すべて彼女があなたにいったことなのか？　そして、彼女はわれわれのまわりで起こったこと、近い将来なにが起きるのかを知っているのか？」

「そういうことだ」わたしは満足して答えた。満足。そう、ケラ＝フア＝ザタラがふたたびあるべき姿で生きているので、わたしは満足していた。「しかし、彼女もなんでも知っているわけではない。彼女には娘がふたりいて、その行方を探している。名前はフアカッガチュアとコマンザタラ。ふたりともまだ見つかっていない。どういう関連性があるのかわからないが、遠い昔のこととしてかすかに、同種族人のアルドルイタンザロという名前を知っているとか」

「ほんとうに興味がわいてきた」ロワ・ダントンは植物にかがみこみ、間近からじっくり観察する。「この数時間に、衛星イジャルコル、惑星ソム、シオム・ソム銀河で起こったことをきみはほんとうに知っているんだね？　なにか話しておきたいことがあるなら、聞かせてもらおうか」

ケラ＝フア＝ザタラは反応しない。ふたりのテラナーがまたもや困惑した視線を投げかけるのを見て、わたしはしずかに笑い、

「そういうわけにはいかないんだ」と、いう。「まあ、おすわりなさい。時間はまだあ

る。ライニシュはいまのところなにも行動を起こしていない。嵐がかれと配下のソム人を引きとめている。われわれの会話に耳をかたむけてもらいたい。わたしがあなたたちをわたしのこの時だけの友だと紹介しても、ケラ＝フア＝ザタラは〝永劫の洞窟〟への闖入者とは話をしないから」

ふたりのテラナーはわたしの要望にすすんでしたがった。わたしはかれらを納得させた。

サラアム・シインはしぶしぶかれらに同調した。

われわれはちいさなケラのまわりに車座になり、黙っていた。わたしは声をあげる前にすこしの時間をおいた。彼女はもうすこしふたりのテラナーを知りたいだろうと、考えたからだ。

7

「もうひとつ話をしておくれ、ちいさなケラよ！　もうひとつ、そうすればわたしの時間が、宇宙の血管をより速く流れていく！」

　こんどは遊び心のある軽やかさをまとった言葉がわたしからわき出てきた。わたしはもう客人に注意をはらわず、ケラ＝フア＝ザタラにだけ集中した。

「わたしはほんとうに闖入者の前で話していいんですか、老いたジェオ？　ああそうわたしがもう長くはないなんてことを、かれらに聞かれてもいいのですか？　ああそういえば、あなたはかれらを友、この時だけの友と呼んでいましたね。このほうがわたしの思い浮かべていたものとむしろうまく折り合います。では、隠者よ、あなたの望みはなんですか？」

　わたしは、サラアム・シイン、ロワ・ダントン、ロナルド・テケナーに黙っているようにと示唆し、いつもの決まり文句をくりかえした。

　そして、ケラ＝フア＝ザタラは話しだした……

生命ゲームは第一ラウンドを終えることはできませんでした。永遠の戦士イジャルコルは助言者に、ゲームをすぐに中止するよう依頼することになります。ゲームが続行されることはけっしてないでしょう。

重要でないとはいえない多くのことが多くの場所で突然起こったとき、ゲームはとっくに終わっていたのです。ふたりの主宰者と名歌手の捜索が戦士の宮殿ではじまっているあいだに、戦士と進行役に大きなパニックがひろがっていました。

狩猟熱と悪魔のような狡猾《こうかつ》さとをあわせ持つライニシュだけが、自分のやり方を通しました。

姿を消した者たちがのこしたシュプールから、イジャルコルは、かれらがもうここ、ゲームの衛星にはいないという考えにいたりました。

オファルの合唱団の祝祭の歌はプシオン波を発生させ、衛星イジャルコルの紋章の門やテレポート・システムの技術的装置と共振を起こしました。

そしてわたしとの共振も。

生じた衝撃波は、想像を絶するスピードで宇宙を駆けめぐり、オファラーの分岐させられたふたつのグループに、つまりジェオの故郷であるパイリアとロムボクにとどきました。

ソムとソマトリのあいだのテレポート・システム……これは衛星イジャルコルと衛星キュリオにも接続されています……がまさに崩壊した瞬間、ライニシュは自分の配下に、あなたがた三名の闖入者の逃げ道をふさぎ、抹殺するために、〝永劫の洞窟〟に行くよう命じました。しかしテレポート・システムに障害が発生し、われわれの休息の地にもうこれ以上、彼の配下の戦闘員がくることはなくなりました。

以降ライニシュは、十五名のすでにいる戦闘員で満足しなければならなくなりました。そのうちふたりはもう生きていません。

そうこうするうちにプシオン衝撃波はパイリアとロムボクのオファルの合唱団にとどきました。そしてかれらは歌にくわわりました。まずパイリアのテラナー門が崩壊しました。つづいてロムボクの英雄の門も崩壊しました。永遠の戦士とシオム・ソム銀河に対して起こった、総合的なカタストロフィは完璧でした。

まだ影響を受けていないそのほかの紋章の門がこれにつづくことになるでしょう。このことは、この衛星イジャルコルでほんとうにあした起こることとです。訪問者であるあなたがたは体験することはないでしょうが。

あなたがたは心配する必要はありません、闖入者のみなさん。老いてみすぼらしいジェオがあなたがたを宇宙船に連れていきますから、あなたがたがあしたそのことを体験することはありません。あなたがたはライニシュやかれの追っ手に捕らえられることなく、宇宙船でここから姿を消すのですから。

外では、プシオン性の嵐が吹き荒れていて、ライニシュはそれに恐れをなしています。今晩、かれはまちがいなく行動しません。いまはあなたがたになにもしようとはしていません。あなたがたには時間があります。

ライニシュはあなたがたの追跡を惑星ソムから連れてきたハトゥアタノ＝スペシャリストの生きのこっている十三名にまかせます。かれはいまはもう、戦士イジャルコルのところへ行き、五段階の衆の使命にのっとってあなたがたに対してあらたなる計略をめぐらすことを考えています。

ジェオがロボットと呼んだSab＝17という命のない生物が、〝永劫の洞窟〟の最上層階に着陸したネットウォーカーの宇宙船の指揮をとっていて、あなたがたを辛抱強く待っています。ロボットは探知システムを使ってソムの王の門の崩壊を記録しました。あなたがたは、このイジャルコルを去るときに、その潰滅映像を見ることができるでしょう。

待ってください！

最新の情報を得ました。

プシオン性の歌の波がさらなる目標を達成しました。シオム・ソム銀河にもはや紋章の門は存在しません！

巨大凪ゾーンはもはや存在しません。

プシオン・ネットは本来の場所にもどっています。

エネルプシ・エンジンはシオム・ソム銀河ではもう制限はありません。

そもそも凪ゾーンってなんですか？

紋章の門とはなんですか？

プシオン・ネットとはなんですか？

エネルプシ・エンジンとはなんですか？

ファカッガチュアとコマンザタラはどこにいるのですか？

いったいいつになったら、わたしは子供たちの真実を知ることができ、おだやかに死ぬことができるのですか？

＊

わたしのちいさなケラはもうしゃべらない。

わたしは愕然とし、はじかれたように立ちあがった。ケラ＝ファア＝ザタラはまたもや旧来の問題におちいってしまったとわかったのだ。わたしの視線はサラアム・シイン、ロワ・ダントン、ロナルド・テケナーに向けられる。かれらもやはり混乱しているようだ。

ようやくわたしは腰をおろした。

なんとかしてケラ＝フア＝ザタラにしゃべってもらおうといろいろやってみたが、どれもうまくいかなかった。ケラの花の頭は最後の赤い色合いを失い、わたしの住居洞窟の発光スポンジは本能的に暗くなった。

テクが携帯ランプのスイッチを入れた。

「わたしはすこし休む必要があります」と、わたしは疲れきっていう。「ケラ＝フア＝ザタラからこれ以上なにかを聞きたいと思っても、いまは意味がありません。あなたもすこし休んだほうがいいんじゃありませんか。あとでSab＝17のところへ連れていきます」

「奇妙な世界だ」と、ロナルド・テケナーはいい、ロワ・ダントンとサラアム・シインはケラの沈黙にくわわった。

「そこの上の」と、わたしはたのむ。「のぞき穴から日がさしてきたら、起こしてください。そうしたら出発しましょう」

外では嵐が荒れ狂っているが、ここ、〝永劫の洞窟〟のなかでわたしは保護されていて、安全だと感じた。

わたしは横になり、〝内なる平穏〟を呼び、すぐに眠りに落ちた。

*

さしこむ朝日の最初の息吹とともに、テクがわたしをやさしく起こしてくれた。朝日が居住洞窟上部の開口部をぬけて入り、反対側の岩壁に奇妙なかたちを描いている。わたしは老化したキチン甲を伸ばす。甲が怪しげな音を立ててきしみ、あばた男が顔をゆがめた。

「心配ない、テク」わたしはほほえもうとしたが、鉛のような疲れのせいで、出たのは苦しげなうめき声だけだった。「じきよくなります。〝内なる平穏〟に集中すれば、すぐに気分はよくなりますから」

「あなたの〝内なる平穏〟ってのはいったいなんなんだ？」かれは知りたがる。

「孤独のなかで見いだした精神力です。それ以上のものではありません。さあ、出かけることにしましょう」

わたしはケラ＝フア＝ザタラに二、三言葉をかけた。思ったとおり、なにも答えてくれない。しかし、つややかでどこにもけががないようだったので、われわれが話してきたことはぜんぶわかっているのだと確信した。そっと触れると、いくつかの言葉をしずかにささやいたが、客人たちはそれには気づかなかった。

いまわたしが知ったことは、ソム人がどこにいるのか、そしてライニシュが〝永劫の洞窟〟を出て、イジャルコルの宮殿に向かおうとしているということだった。

「彼女はあなたがたにさようならをいいません」と、わたしは三名の同行者にいった。

「なぜなら、彼女の思考のなかでは、彼女はあなたがたといっしょにいるからです。あなたがたがこのイジャルコルを去るとき、まちがいなく彼女は、わたしにあなたがたのことをもっと教えてくれるでしょう」

ロワ・ダントンは、左腕に装着していた機器を操作し、

「いいタイミングだ」と、いう。「プシオン嵐は衰えることなく荒れ狂い、ある種クライマックスに到達している。どんな探知器も働かないと思う。うまく宇宙船にたどり着ければ、もうこれ以上なにかが起こることはあるまい」

「だいじょうぶ、行けますとも」わたしは確固たる確信を持っていった。「ケラがそうなることを見ましたから。そしてわたしは自分自身より〝永劫の洞窟〟のことを知っています。わたしを信用してくれていいです」

「飛翔装置は使えない」テクがきっぱりという。「たしかに追跡エコーは妨害できるが、ここ迷宮内の短い距離ではライニシュの部下たちに見つけられてしまう。したがって、われわれ、またもや徒歩行進だな」

三名の男たちは装備を詰めこんだ。武器はいつでも使えるようにしていたが、わたしが思うにそれらが必要になることはないだろう。

今回はまったくべつのルートをとった。それは、ライニシュの配下たちがねぐらにしている場所……それがどこだかわたしにはわかっている……を渦巻き状に迂回するルートだ。もちろん、少々骨が折れるが、メリットはある。

そのメリットをまず第五層で利用した。そこでわたしは同行者たちにたのんだのだ、自分がもどってくるまで暗い壁龕《へきがん》にかくれて待っているように、と。かれらはいっさい質問せず、かれらがわたしを信頼していることがふたたび証明された。

わたしは交差通洞を通り抜け、ほぼ垂直にのびる縦坑のひとつに行きついた。縦坑はわたしの上の部分で折れ曲がっているので、深さはわからない。過去に、念のためここに罠をいくつかしかけてあった。その当時わたしは、いつか戦士イジャルコルに殺されるかもしれないと思っていたからだ。

そのようなことはまったくなかった。永遠の戦士はわたしのことを忘れてしまったか、あるいは重要ではないと気づいたのだろう。

石を一個ゆるめるだけでよかった。たくさんの岩塊が最初は音もたてずに落ちていった。石は二番めの平面地で側壁にぶつかって、次にはいちばん下の平面地にごろごろと音を立てて落ちた。

けたたましい音はさまざまに反響し、〝永劫の洞窟〟のひろい領域に伝播する。わたしは待ち、耳を澄ませた。

すると上から声が聞こえてきた。とてもちいさな声だったし、反響音が入り混じって理解できなかった。そのあとは長く待つ必要がなかった。

ソム人が反重力クッションを使って降りてきた。わたしは暗いすみっこに身をひそませて、その数を数えた。ライニシュの助力者は六名だった。つまり、上には七名しかいないわけで、これで危険はほぼ半分に減った。

わたしはもうひとつべつの岩をはずして、集積していた石を力いっぱい蹴とばした。猛々《たけだけ》しい音を立てて石が雪崩《なだれ》をうって縦坑を転がり落ちていった。こんどはわたしの階層からも大きな音がするのはやむをえない。しかし、それはもう想定ずみだ。

下から鳥類の子孫の恐ろしい悲鳴が聞こえてきた。わたしはやつらが好きではない。かつてケラ＝フア＝ザタラに、そう感じる理由はわたしの出自にあるといわれた。昆虫生命体は鳥類生命体に対して、本能的な嫌悪感があるのだ、と。たぶん、彼女がいっていることは正しい。いずれにしても、テク、ロワ、オファラーが許可なくわたしの領域に侵入してきたとき、基本的にはシンパシーを感じたのだから。

最後の岩塊を蹴りだした。それが引き起こした石の洪水は、わたしがやってきた通洞から縦坑の深いところへ行けないように口をふさいだ。これで、ソム人がさらに上からきたとしても、わたしがこの時だけの友のところへもどる道は、かれらにはさえぎられている。

わたしは帰途についた。もちろん三名の男たちはわたしをじっと待っていた。

「すさまじい音を立てていたな」と、ロワ・ダントン。

「ソム人六名を下層におびきよせたのだ」わたしは満足しながらいった。「そして石雪崩を、かれらの羽毛にかぶせてやった。かれらがわたしに気づいたとは思わない。たぶん、それらのすべてが地震かプシオン嵐のせいだと思うだろう。いずれにせよ、われわれの上にはソム人がまだ七名いる。そしてケラ＝フア＝ザタラがいっていることが正しいなら、ライニシュはすでに戦士イジャルコルのところへ向かっている！　さ、また上へ行かねばならない」

こんどもまたわたしが先頭に立った。

第七階層から第九階層へは、とくに慎重に、かつ音を立てないように移動した。すべてが順調にいった。どうやら外の嵐はすこしおさまってきたようだ。嵐の荒れ狂う音が前ほど強くない。

枝分かれした地点でわたしはびっくりして立ちどまった。頭上の開口部から大量の水が噴出していたのだ。

「これは想定外だった」と、わたしは認めざるをえなかった。「暴風のせいで大雨になった。そのためいくつかの縦坑や通廊が通行不能になっている。ルートをすこし変えなければならない。だが、まあこうなったことにも利点はある。ソム人はわれわれを探しにくくなった」

わたしはほぼ真上に空が見える縦坑まですこしもどった。大きな雨粒が落ちてくる。

「問題でも？」テクが訊いた。

わたしはうなずく。「おそらく、通行できなくなった道がけっこうある、わが友。あなたがたの飛翔装置を使ったら、上へ行くのにどれくらいかかるだろうか？」

わたしは縦坑のなかで指さした。

「だいたい六十メートルだな」と、ロワ・ダントン。「たぶん十秒から十二秒かかるだろう。そのあとはどうなんだ？」

「そこから宇宙船の着陸地点まではここまできたのと同じくらいある」と、わたし。

「最上層の洞窟を三つ通り抜ける必要があって、道は複雑だ。わたしをいっしょに連れていけるだろうか？」

「もちろん、ご老体」テクはにたっと笑って、わたしのからだに腕をまわし、「みんな、スタート準備はいいか？　われわれ、のこりの道程は雨をついて飛ぶ」

サラアム・シインとロワ・ダントンは飛翔装置の準備をした。テクがスタートの合図を出す。

太い雨粒と吹きつける風がわたしのキチン外皮を痛めつける。テクが最高速度に切り替えたのだろう、わたしにはもうほとんどなにも見えない。

あまりひろくない縦坑でどうやってかれが進む道を見つけたのか、それがわたしにとっての唯一の謎だ。

たった五回呼吸をしているあいだに、われわれは最上層に到達した。そこは上に向かって完全に開放された岩の空間だった。あまりに雨が強くて次の目的地が皆目わからない。

「どこへ行けばいい、ジェオ？」テクが嵐をついて大声で吼《ほ》える。かれの腕がわたしをしっかりと抱きしめていた。

わたしが岩の張り出しをさししめすと、かれはすぐさまその場所へ向かった。ロワとオファラーがわれわれにぴったりくっついて追ってくる。

ここからは前より見通しがきく。次にめざす場所を指さしたとき、ロワ・ダントンが叫んだ。

「急ぐぞ。探知インパルスをキャッチした。われわれ、見つかった」

テクはふたたび加速した。わたしはすばやくさらに進むべき方向をしめすことができた。

すぐに、われわれは宇宙船にたどり着いた。Ｓａｂ＝17が入口に立っていた。

テクがわたしを下に降ろし、

「あなたはここにとどまるのか？」と、訊いた。

「もちろん」わたしはなんのてらいもなく笑った。「行ってくれ！　さようなら！　そしてケラ＝フア＝ザタラみたいな植物を見ることがあったら、われわれからよろしくと伝えて、われわれのことを思いだしてもらいたい」

ロワ・ダントンはわたしを友好的に抱擁した。サラアム・シインは短い歌を歌いだし、それを聞いたわたしは元気な気分になった。

「もうひとつお願いがあるのだが」わたしは手を伸ばし、「インパルス銃が必要だ。ケラがそういった」

テクがわたしに武器をわたしてくれた。そして三名の男たちは宇宙船に姿を消した。ほんの数回息をするまに鋼製の円盤は離陸し、厚い雨雲のなかに消えた。

わたしは振りかえり、わが王国へとつづくもよりの入口を目で探した。

そのとき、雨のなか飛翔装置を操りながら、上からわたしをめがけてくる三名のソム人を見た。

わたしは走りだす。そして、かれらがわたしに迫る前に坑に飛びこんだ。砂と石を巻きこんではげしく流れる水が、〝永劫の洞窟〟の奥深くへとわたしを運んだ。わたしは何度かもんどりうち、キチン甲にはいくつかへこみができたが、無傷ですんだ。

次の交差地で最後の力を振り絞って横へ飛び、岩の出っ張りのうしろに身をかくした。ソム人はすぐにきた。かれらのからだは光る防御バリアにつつまれていて、水のなかでも、そしてごろごろ転がる岩塊があっても、安全に移動できた。

かれらはわたしに気づかず通りすぎていった。

かれらはさっきわたしを見た。そして離陸した円盤のことも。だが、わたしはそのことはもうあれこれ考えない。

わたしはしばらく待ち、そのあいだに二度と見つからずに、どの道を通って自分の居住洞窟にもどったらいいかと考えた。それがはっきりとわかってから、わたしは出発した。

激流のために何度も迂回しなければならなかったので、登りよりもずいぶんと時間がかかった。しかし、ついにわたしは何事もなくケラ＝フア＝ザタラのところにもどった。

彼女の花は、ふたたび友好的な赤い色調でほのかに光っていた。

8

「もうひとつ話をしておくれ、ちいさなケラよ！　もうひとつ、そうすればわたしの時間が、宇宙の血管をより速く流れていく！」

わたしはかなり長い時間しっかりと休息し、食べ物と水を摂取した。いつもだったら〝永劫の洞窟〟を歩きまわるのだが、あえてそうしなかった。ふたたびふだんの生活をとりもどすには、きっとまだ数日はかかるにちがいない。

ケラ＝フア＝ザタラが反応をしめさないときにはのぞき穴までよじ登り、そこからイジャルコルの荒涼とした風景を見つめた。それは午後遅くだった。

ようすがすこし変わっていた。大地がもう揺れていない。陰鬱《いんうつ》な雲がなくなっている。しかし、なによりまだ緑がかったほのかな光がすべての上にかかり、最新の出来ごとをしめしていた。宮殿の上方で追加のバリアが朝のように輝いていた。

わたしは見張り場をはなれ、ケラ＝フア＝ザタラのところにもどった。そしてお願いをくりかえした。するとこんどは、ケラは受けとったばかりのちょっとした過去を話しはじめた……

＊

オファラーの歌がはじまってからほぼ二日が経過しました。そしてこの瞬間から、シオム星系を完全なカオスが支配しています。しかし、それはここだけの話ではありません。紋章の門があったすべての世界が不穏でした。

責任ある指導者たち、パニシュ、法典守護者、そして側近たちは非常に深い不安をいだいていました。

イジャルコル宮殿の通信センターに、凶報がもたらされました。ほとんどは、シオム星系からのものであり、六つの惑星すべてとすべての衛星がプシオン性衝撃波による損害をこうむっていました。恒星シオム自体も不規則に輝いています。それは異常なプロミネンスを宇宙に放ち、通常無線やハイパーカムに障害をもたらしました。

入ってくる多くの報告はきれぎれで、再度問い合わせる必要がありました。イジャルコル宮殿は、たんになにもかもが集まる中心というだけではなく、カオスと不穏の中心でもありました。最末端の使用人にまで不安がひろがっていました。

生命ゲームの継続を考える者はだれもいません。組織全体が崩壊していました。むずかしい状況にあって、さらなる報告があらたな恐怖を引き起こしました。

その知らせはシオム・ソムでいま起こっていることとはなんの関係もないにせよ、爆弾のような衝撃をもたらしました。

永遠の戦士ペリフォルが、はるかかなたの天の川銀河で死んでいたのです！

このショッキングなニュースがだれにも知られることのないよう、このニュースを聞いた数名の使用人は、戦士イジャルコルによりすぐさまオルフェウス迷宮に追放されました。ペリフォルの死は〝ごく一部の指導者だけが知る特別な秘密〟とされました。知らされたのはのこりの十名の永遠の戦士と進行役だけでした。

さらなる事態がさらに支離滅裂なカオス的状況をもたらしました。もっとも近しい助言者や側近ですら、イジャルコルと連絡がとれなくなったのです。真実は、戦士自身が完全に錯乱状態になってしまっていたということです。かれは自室に引きこもり、すべてのドアを閉ざしてしまいました。

ほかの十名の永遠の戦士も姿をあらわしません。このように広範な危機において切実に必要とされる会議が招集されません。

このような孤立状態は長くはつづきませんでした。戦士イジャルコルの進行役であるスロルグがこの事態を憂慮したのです。イジャルコルがエトゥスタルから連れてきたなかのプテルス三名とともに、緊急に必要な問題すべてに早急に対処しました。かれの具体的な行動に、宮殿の従者たちはすぐにしかるべくしたがいました。それだけではありません、多くのソム人の配下たちは、そもそもそこに、多くの必要な決定をくだしてくれるだれかがいることをよろこんだのです。

スロルグは、まずはとくにひどい影響を受けた区域で救済措置をほどこしました。それは王の門があった場所です。紋章の門の破壊は何キロメートルもの範囲において深刻な被害を引き起こし、大勢の犠牲者を出していました。

同時にスロルグは、崩壊したテレポート・システムの代替物をつくろうとしました。それは、宇宙船が事実上すぐには利用できなかったので、それ自体が問題でした。真の緊急時にそなえて、衛星イジャルコルに、何隻かのゴリム・ハンターの戦闘艇を派遣するよう命じたりもしました。

しかし、こういう状況はなにもシオム星系だけのことではありません。シオム・ソム銀河全体で、緊急に必要とされる生物や物品の輸送が、紋章の門がないのにどうやったらできるのかという問題があります。

衛星イジャルコルにいた百万名のオファラーが、事実上故郷から切りはなされました。同様に、惑星ソムから千五百光年はなれた現在は消滅した凪ゾーンの端に旗艦を配置している、ほかの銀河に属する永遠の戦士たちもこの地にとりのこされてしまいました。

完全に過負荷状態の通信回線では、メッセージの定期的なやりとりがほとんどできません。永遠の戦士たちはさしあたってかれらの旗艦との交信がいっさいできませんでした。

このような状況下で、ライニシュが宮殿にあらわれました。かれは、洞窟迷宮から生きのこって帰ってきたソム人のハトゥアタノの配下から、ロワ・ダントン、ロナルド・テケナー、サラアム・シインが逃亡に成功したという報告を受けました。五段階の衆のリーダーに三名を追跡することはできませんでした。まず第一にかれもまた紋章の門のネットワークに依存していたのですから。

ライニシュは急いで宮殿の現状を確認しました。かれのパーミットはいまでも有効で、すぐにスロルグに会うことができました。

そもそもカオスを引き起こしたのがオファラーなのだから、全オファラーを即刻拘束すべし、というライニシュの提案に進行役が耳をかたむけることはわかっていました。かれらが歌によって紋章の門を破壊したのですから。

そのために最初の対策が講じられました。収監はパイリアとロムボクでは機能しましたが、ここイジャルコルではひとえに囚人の数の多さゆえに実行上の困難が生じました。

スロルグは同種族三名からなる検討委員会を設置しました。かれらがすぐに知ったのは、オファルの合唱団は、自分たちの歌により甚大な影響がおよぼされるということを例外なく知らなかった、ということです。実際、この事態に責任があるのは三名だけ。サラアム・シイン、ロワ・ダントン、そしてロナルド・テケナーです。そして当面かれらを捕まえることはできません。

スロルグはこんども高い外交能力をしめしました。かれはすべてのオファラーの解放を命令し、かれらに対してだれもなにもしないことをかれらに保障しました。ライニシュはそれにさほど賛成であったわけではありませんでしたが、進行役はかれを納得させました。オファルの合唱団はシオム・ソム銀河において、自在に操作する重要な指導エレメントであり、それを無分別に、あるいは大規模な迫害で奪っていいものではない、と。それにオファラーは銀河全体のなかで、プシオン性の歌を使いこなす、あるいはそもそも真の音楽に従事する唯一の種族です。支配階級たる者、そのような種族を敵にするわけにはいきません。通常方法による宇宙航行が組織されたらすぐに、オファラーは故郷惑星マルダカアンに帰れるでしょう。

ライニシュにとってこれらの決定は、かれが三名の逃亡者の追跡に集中することができることを意味するにすぎませんでした。災《わざわ》い転じて福となす、です。巨大凪ゾーンがあった場所にまたプシオン・ネットがはりめぐらされています。シオム・ソム銀河のエスタルトゥの奇蹟であった紋章の門はもはや存在しません。

ライニシュは、ずっとソマトリで活用されないままだったエネルプシ・エンジン搭載の宇宙船団の指揮をとることを宣言しました。かれは船に人員を配置し、三名の逃亡者の追跡をさせました。

わたしは、ライニシュのこの措置がすぐに成功するとは思えません。

＊

ケラ＝フア＝ザタラは沈黙する。わたしは〝この時だけの友〟についてなにかわかるかと期待していたので、すこしがっかりした。シオム星系に関しては、〝永劫の洞窟〟に影響がある場合以外はどうでもよかった。まず確実に、のこっているソム人戦闘員はまもなくここからいなくなるだろう。なんといっても、かれらの敵は、逃げてしまったのだから。

ケラにわたしの失望を伝えると、彼女は話しはじめた……

＊

ちいさくて目立たない惑星に公式の名前はありませんでした。ネットウォーカーたちはそれをアウトポール22と呼んでいます。シオム・ソム銀河辺縁部にある、もはやその名を知る者などだれもいない瀕死の恒星の唯一の惑星です。

とっくに滅んでしまった太古の廃墟のあいだに、地下ステーションをそなえた仮設の宇宙港があります。二体のロボットが標準年でいうと十二年前から配備されていますが、いままでは出動したことはありませんでした。ロボットの名はＳａｂ＝16とＳａｂ＝17

といいます。

しかし、いまそこにいるのはＳａｂ＝16だけです。というのもかれのシントロニクス・パートナーが、ネットウォーカーの組織のために、はじめてのミッションを遂行すべく、唯一の宇宙船で四日前から出動しているからです。

アウトポール22の存在はあらゆる状況下で秘密にしておかなければならなかったので、二体のロボットにおける交信はきびしく禁止されていました。数日前にとどいたコード化された指令を、Ｓａｂ＝16はメッセージ内容のないハイパーインパルスひとつで確認しました。そしてそれがこれまでにアウトポール22がのこした唯一のエネルギー現象でした。

いまＳａｂ＝16は廃墟にすわり、空を見つめています。探知装置のスイッチも切っています。Ｓａｂ＝17も通信連絡してこないでしょうから、Ｓａｂ＝16には、円盤船で出動したパートナーを待つこと以外なにもできません。

帰還予定時刻はすでに十八標準時間すぎています。これが二十四時間に達すると、Ｓａｂ＝16はやはり内容のない二重インパルスを発信しなければなりません。ほかのあらゆる状況では、絶対的な送信禁止が適用されます。

またもやなにも起こらなかったので、Ｓａｂ＝16は地下施設にもどっていきました。まるパッシヴ探知器は外部にエネルギー放射しないので、使用が許可されていました。

いスクリーンをひとめ見て、Ｓａｂ＝16はエコーを認識しました。

かれは外へ走りました。いま、円盤形宇宙船を見つけました。船に損傷はありません。インパルス発信器を使って地下格納庫の屋根を開けます。ちいさな宇宙船がすり抜けるように入っていき、屋根はすぐにまた閉じました。

Ｓａｂ＝16は、出口ハッチに駆けよったとき、ネットウォーカーのサラアム・シインとふたりのテラナーをともなったＳａｂ＝17を認識しました。かれのシントロニクス・プログラムは満足を伝えます。

「すこしばかり遅れたことをのぞけば」と、Ｓａｂ＝17。「すべてうまくいった。追跡者はすべて振りはらった。かれらはまちがいなくわれわれのシュプールを見失った。客人に食べ物と飲み物をなにか用意してもらいたい。ネットウォーカーにはすぐにも新しいネット・コンビネーションが必要だ。それはわたしが貯蔵室から持ってくる」

いまや、サラアム・シインは活動的になりました。ネット・コンビネーションを受けとると近くの情報中継地点に送信し、成功したミッションに関するレポートを終えました。いまはもう惑星サバルに情報が提供され、今後のすべての手配ができるようになるのは時間の問題です。

ロワ・ダントンとロナルド・テケナーはくつろいでいます。しかし、永遠の戦士に対して大成功をおさめたというのに、ふたりはしあわせそうに見えません。ふたりはあまりにも長い時間、オルフェウス迷宮ですごさねばなりませんでした。そしてさらにさらに長い時間、妻たちから引きはなされていました。上機嫌というわけにはいきません。ロワがまどろんでいます。一方でテケナーは基地のちいさな図書館でなにか読むものを探しています。ペリー・ローダンの息子の肩をゆする片手が見えます。マイクル・ローダンは目を開けました。

かれの前に父親とサラアム・シインが立っていました。

「やあ、マイク」と、ペリー・ローダンがいう。「今回のみごとな成功、おめでとう。それを聞いて、もちろんわたしは個体ジャンプでここにこずにはいられなかった。テクはどこにいるんだ？」

「ここにいますよ！」あばた男が横ハッチから入ってきました。ペリー・ローダンはかれとも握手をかわします。

「わたしはお祝いをいうためだけにここにきているのではない。きみたちにいい知らせもある」

ダントンとテケナーは視線を短くかわした。そこから、ふたりとも同じことを考えているのがわかります。

「以前」と、ローダンがつづける。「デメテル、ジェニファー・ティロン、三名のシガ星人が統合されていたハイブリッドは、いま、イルミナ・コチストワの手の内にある。

イルミナは、アブサンタ＝シャド銀河のある惑星に着陸した《アスクレピオス》の船内で、あらゆる手段を駆使してハイブリッドをあつかっており、作業が順調に進んでいることを知らせてきている。まだこの先どれだけの時間がかかるのかは言明していないが、生物学的統合をうち壊して、巻きこまれたすべての者たちが本来の肉体をとりもどすことができるという自信を強く持っている」

ロナルド・テケナーは、苦難をともにしてきたロワ・ダントンをしかと抱きしめました。

「それでは、お気をつけて、父上」と、ローダンの息子。「このような状況下で、わたしはこれ以上ここにいるわけにはいきません。わたしはネットウォーカーの故郷にも憧れはありません。デメテルに会いたい！」

「わたしだって最短の道でジェニファーのところへ行きたい！」テクも同じ気持ちを述べます。「彼女がふたたび自分の足で立っているなら、抱きしめたい！」

「わたしはサラアム・シインとともにサバルにもどる」と、ペリー・ローダン。「まだまだやらねばならないことがたくさんあるからね。だがそのことできみたちふたりをわずらわせるつもりはない。アウトポール22基地をあらゆる点で自由に使ってかまわない。きみたちには宇宙船があるし、二体のロボットも好きに使ってかまわない」

「わかりきったことです」ロナルド・テケナーはほっとして笑いました。「ロワとわたしの心はもうアブサンタ＝シャド銀河に向かってます」

ふたりの男は装備をひとまとめにし、部屋から駆けだそうとしました。ペリー・ローダンは息子をしっかりと抱きしめ、

「愛は盲目とわかっている、マイク」と、笑いかける。「だが、なにがしかの情報と座標がないことには、きみたちはけっしてイルミナのところへは行けないぞ。ここだ！」

ローダンはロワ・ダントンにインフォメーション・リールをわたしました。

「また会おう、古強者たちよ！」

ふたりはローダンの最後の言葉をもう聞いていません。

＊

「先を話しておくれ、ちいさなケラよ！」と、わたしはたのんだ。「そうすればわたしの時間が、宇宙の血管をより速く流れていく！」

「もうロワやテクとのコンタクトは途絶えました」と、彼女は答えた。「かれらの人生はつづきます。でもわたしにはとらえられません。宇宙はわたしの感覚には大きすぎます。それにわたしは疲れています」

「お願いだ！」わたしは懇願した。

「なにを知りたいのですか？　ライニシュはなんの成果もないまま追跡をあきらめまし

た。スロルグはますますシオム星系の命運をになう指導者になっています。そして永遠の戦士イジャルコルはすっかり打ちのめされてしまいました。かれは決定をくだせません。かれの使者がかれに情報をもたらしますが、かれが私室にいれるのは唯一ロボット一体だけです。ほかの戦士たちの気分はすこしもよくなることはありません」

「そのかわり、わたしの気分はきわめていい」と、わたし。「きみがいっていることは、〝永劫の洞窟〟にふたたび静けさがもどってくるということだ」

「その点に関してはわたしはよくわからないんです、老いた隠者よ」と、彼女は謎めいた言い方をする。「エスタルトゥ十二銀河のすべてで、不穏な空気が渦巻きはじめています。いまだに帝国のあらゆる領域から、ニュースが続々と入ってきます。〈エスタルトゥはもうここにいない〉すべてのニュースチャンネルが閉鎖されているにもかかわらず、シオム・ソム銀河においてネットウォーカーが永遠の戦士に大いなる勝利をおさめたというニュースが急速にひろまっていきました。そのような情報にはかならず尾ひれがつくもの。永遠の戦士の評判はひどく損なわれました。戦士イジャルコルがひどい打撃を受けたということだけではなく、戦士ペリフォルがもはやこの世にいないということがひろく知れわたるのはおそらく時間の問題です。惑星ソムでは、ソム人たちのあいだで、ゴリムが次にどこを攻撃するのかという話題でもちきりです。永遠の戦士の帝国はぐらついています、老いた洞窟隠者よ。紋章の門は二度とあらわれないでしょう。そして巨大凪ゾーンも二度とあらわれないでしょう。わたしには、恒久的葛藤の教義の終焉がますます近づいてくるのが見えます……」

「先を話しておくれ！」わたしは懇願した。「なんでもいいから話しておくれ！」

「スロルグは、通信回路の構築に成功しました。まずはシオム星系全体を網羅し、次にシオム・ソム銀河全体を網羅しました。進行役はのしあがり、ますます前面に出てきています。いまやかれは、他銀河へのハイパーカム・ブリッジを構築中です。プテルスがなにを望んでいるのかわたしにはわかりませんが、エスタルトゥの全種族に呼びかけたいのかもしれません」

「われわれにはまったくなにも聞こえてこないけどね」わたしは冗談をいった。

「あなたはわたしから聞いています、老人よ」ケラ＝フア＝ザタラは先をつづける。わたしは、彼女の花の頭が黒くなっていることに気がついていた。「五十八名の進行役はいま、イジャルコルの宮殿の大きな会議室のなかで録画システムの前に歩みよっています。永遠の戦士とかれらの助言者はひとりも見えません」

彼女はしばし中断した。わたしには、新しいニュースを待っているように見えた。

「いまスロルグが話しています」と、彼女はささやくように、「感動的な瞬間です。なぜなら、エスタルトゥの力の集合体において、これほど聞き手の数が多いことはかつてありませんでした」

「かれはなんといっている、ケラ？」わたしはほんとうに聞きたかった。

〈われわれはみな深刻な危機に瀕している、エスタルトゥの諸種族よ。これは否定されるべきではない。われらが女主人エスタルトゥはいま不在だが、やがて帰ってくるのは絶対に確実だ。

この危機を引き起こしたのは永遠の戦士だ。多くの者にとって衝撃的に聞こえることとは思うが、たしかにそうである。エスタルトゥの相続財産を管理できなかったため、戦士たちは期待された成果をあげられなかった。かれらは自分たちの間違った道を進んだ。

したがって抜本的な改革が必要で、それに関してここでみなに伝える。われわれはこれまで舞台裏にとどまっていたが、状況がきわめて脅かされているいま、その態度を放棄せざるをえない。十二銀河の真の支配者は、いまからわれわれプテルスだ。われわれはエスタルトゥの真の意味で行動し、きみたちをよりよい未来へと導いていく〉

＊

わたしはこの発表にすくなからず驚いた。エスタルトゥの諸種族はひょっとすると、小難を逃れて大難に遭うことになるのではないかと考えた。ケラ＝フア＝ザタラはなにもいわない。花の頭は黒かった。

わたしは理由をたずねた。

「黒は死の色です」と、彼女は答えた。わたしの心のなかに彼女のショッキングな予言がよみがえった。

「これからはもうこれ以上なにも起こらないよ」わたしは彼女を安心させようとした。

「わたしは、あなたが体験するだろうことを見ています。わたしはいまようやくわたしが体験するだろう次の呼吸を見ています。終わりが近づいてきたいまようやく、わたしは、ファカッガチュアとコマンザタラがまだ生きていることを見ています。すばらしいわ、ジェオ。ファは、ネットウォーカーの拠点であるサバルにいます。そしてザタラは遠い銀河にいて、その名前は……ああ、それは、テクとロワの出身地である天の川銀河です。彼女は自分探しをし、わたしを探し、なにかほかのものを探していますが、自分がなにを探しているのかわかっていません」

「きみは夢を見ているんだよ」わたしは強くいった。「どうか理性を失わないでおくれ、ちいさなケラ！」

「わたしはあなたより理性的です、ジェオ。わたしは歳をとりすぎました。この再生がわたしに可能な最後のものでした。植え替えても、もう生きながらえることはできません。だから、わたしは、子供たちの消息をもたらしてくれる意味ある死を選びます。あなたがそれを理解する必要はありません。あなたは違います。そして、わたしはここの出身者ではありません。わたしには宇宙の広大さがわかりません……」

「ケラ」わたしは話しはじめたが、ケラがそれをさえぎった。

「老いた友よ！　たくさんの楽しい時間をありがとう。そしてもうひとつ、ジェオ。胸に赤い斑点がある者を撃つのです。わたしはぜんぶをいっぺんにはとらえられません。まわりを見てください！」

彼女の感覚が混乱しているのではないかと思ったが、わたしは見あげた。

ライニシュの配下のソム人戦闘員四名が、わたしの居住洞窟に立っていた。武器がわたしに向けられている。

「あいつだ、イジャルコルの隠者だ」と、かれらのひとりがいう。胸に赤い斑点がある。

「やっと見つけた。かれは裏切り者を宇宙船に連れていった。それをもってかれはみずからに死刑判決をくだしたのだ」

武器が火を噴いたとき、わたしは麻痺したようになった。

同時にケラ＝フア＝ザタラが破裂した。彼女は火の壁に変わり、銃弾をとめただけではなく、岩に三名のソム人を投げつけた。そこで、かれらはくずおれた。

ひとりだけ、まだよろよろ歩いている。赤い斑点がある。かれはわたしに向かってどなりつけてきたが、荒れ狂うエネルギーのなかで、わたしはひと言も理解できなかった。

男はゆっくりと武器をかまえなおした。

わたしは〝内なる平穏〟の法則にのっとって行動した。わたしの手がインパルス銃をマントから引きだす。銃のロックを解除し、引き金を引く。

わたしの動きはソム人よりも一瞬だけ速かった。

戦いは終わった。ケラ＝ファア＝ザタラの痕跡はもうどこにもない。そしてわたしはいま知った、彼女がわたしに秘密にしていたことを。そうなのだ、彼女はその死によってわたしのみじめな人生を守ったのだ。

わたしは四名の死体を見て〝内なる平穏〟を感じ、武器を縦坑に投げこみ、新しい居住洞窟を手に入れなければならないと考えた。

あとがきにかえて

渡辺広佐

きのうから三年ぶりに制限なしの大型連休が始まり、全国各地の観光地もにぎわっているようだ。

確かに最近ではコロナ感染症に対する警戒心も以前ほどではなくなっている。私に関していえば、句会も従来どおり対面でおこなわれるようになってきている。つい一週間ばかり前、四月の句会が開かれた。めいめいが四句投句することになっている。そのうちのひとつとして、

すかんぽよ虫歯の穴はデカダンか

という句を詠んだ。

最近、歯の治療をしたばかりなのだ。

私は、自分がトーストを食べるとき、バターやジャムを塗るという表現は使わない。私にとってはバターもジャムも、塗るものではなく、のせるものだからだ。バターは全部は溶け切らず、三分の一ほどが固体として残っているのが理想で、ジャムはこんもりとのせる。こういう食べ方が好きなのだから、仕方ない。とはいえ、私がトーストを食べるのは、せいぜい月に三、四回だ。ドイツパンやフランスの田舎パンを食べることのほうが、やや多い。

ジャムはたいていは自家製梅ジャムで、六月に一年分を作るのだが、一年もたないこともある。今年もいま食べているのが最後の瓶で、残りもそう多くないので、あと数回で終わるだろう。

うーん旨い、梅ジャムの脳天を突き抜けるような、この酸味がいいんだよね、などと思いながらトーストを食べていたら、口のなかでいきなり違和感がした。まさかパンになにか異物が入っていたのかと、おそるおそる調べてみると、歯の詰め物だった。

＊

「渡辺さんがはじめて来てからもうこんなに経つんですね。早いもんですね、私、渡辺さんがここに最初に来たときとほぼ同じ年齢になりましたよ」と、私より十五、六歳ほど若いきぬた医師がいう。

きぬたさんは、八王子では知らない人のいないくらい有名な〈きぬた歯科〉の院長だ。いや、たぶん東京でもかなり有名ではないかと思う。

まず、看板で有名だ。巨大だし、数も多い。『マツコの知らない世界』というテレビ番組でもとりあげられたことがあるから、ひょっとしたらご覧になった方もいるかもしれない。

最近、その看板が、きぬた医師の笑顔から、ファイティングポーズのものになった。もちろん、いくらファイティングポーズの看板を立てたところで、腕が伴わねば患者は来ない。

インプラント治療で有名な歯科医師なのだ。

同じ八王子市とはいえ、多摩丘陵の私のところからはかなり遠い西八王子駅のすぐ近くにある〈きぬた歯科〉を私が最初に訪れたのは、インプラント治療の相談のためだった。

話を聞いていて、この人なら任せられると思い、保険治療と比べたら、恐ろしく高額だったが、治療してもらうことにした。

たまにしか乗らないクルマにあれだけ使うのと、毎日使う〝歯〟にこれだけ使うのと、渡辺さんだったら、どちらを選びますか、といったようなことをきぬた医師はいった。

まったくそのとおりだ。毎日快適に食べ物を嚙めることに比べたら、食いしん坊の私にとっては、クルマなど意味がないに等しい。なぜなら、もともと運転がそう好きではないので、そのときにはもうクルマを手放していたのだから。

しかも、十年保証だという。

「そういえば、あのとき、不具合が出る場合はまず二年以内ですね、といっていましたよね」と、私がいうと、きぬた医師は、レントゲン写真を見ながら、

「渡辺さんの寿命よりは長持ちしますよ」と、笑った。

この十五、六年のあいだに、治療や定期検診で訪れるたびに、よくおしゃべりをするようになった。今回の治療のあいだもいろいろおしゃべりしたが、私が特に印象に残っているのはコントラのことだ。コントラと聞いて、ああ、コントラね、と思った方は、歯科医か、あるいはその方面に詳しい方だろう。

私はまったく知らなかった。ここでいうコントラとは、歯を削るときなどに歯科医師が握っている道具のことだ。

きぬた医師にとっては、すでに二十年ほど前に製造が中止になっているドイツのKAVO社のコントラがいちばん手になじみ、一体感を持って治療できるのだそうだ。もちろん、ほかの製品も使っているようだが、いまでもインターネットで見つけると買うとのこと。「ほら、ここのこの角度といい、溝といい、ほかのとはちょっと、いや、ぜん

ぜん、違うんですよ、なんなんですかねえ、ドイツの……」私はこういうとりとめもない話がわりに好きだ。そこで、

コントラにこだはる歯科医飛花落花《ひからっか》

と、詠み、句会の二句めとして投句した。

コントラに対する〝愛〟を熱く語る歯科医、窓の向こうでは桜の花が舞い落ちている。なかなかいい。映画の一シーンとして撮りたいくらいだ。ま、そんなふうに思って詠んだのだが、どうみても他人の共感は得られそうにない。でも、ひょっとしたらだれかひとりくらいは……。でもやっぱりだれもとってくれませんでした。

なお、一句めは、生命力溢れるすかんぽ――イタドリともいう――に、「虫歯の穴はデカダンか？」と、たずねる作りになっている。やはり空洞のあるすかんぽは、どう答えるだろうか、そんなところが私としては面白いと思ったのだが、結果は、だれもとってくれなかった。いまはもう少し〝詩的〟に、「すかんぽよ虫歯の穴のデカダンよ」としたほうがいいかな、と思ったりしている。

三句めとして、

じゃじゃ馬の君が好きだよ花こぶし

という句を投句した。先の二句は、自分でもひとりよがりな句だと認識していたが、この句は数人はとってくれるんじゃないかと思っていた。が、結果、とってくれたのはひとりだけ。うーん、こういう日もある。四句めは、

蝌蚪の池守る人ゐる地球かな

この句——今回の四句のなかではいちばんの自信句だった——も、とってくれたのはひとりだけ。わかりやすいし、けっこう深くていい句だと思うんだけどな。とはいえ、蝌蚪《かと》という言葉をご存じない方も多いと思う。私も俳句を始めるまでは知らなかった。おたまじゃくしのことです。

ちなみに、この句会の投句者は十八名、全七十二句だった。それぞれが自分がいいと思った句を五句選ぶ（＝とる）のだが、そのうちだれもとらなかった句は三十一句あり、ひとりだけとった句は十八句あった。ま、そんなものです。

それでも、対面での句会は楽しい。

＊

さて、歯の治療も終わったことだし、この連休もどこにも遠出をしないのだから、せめて隣町のとんかつ屋に、じゃじゃ馬――〝アオ〟と名づけた電動自転車――を走らせ、上ロースかつ定食でも食べるかな。

とんかつの甘き脂身花は葉に

訳者略歴　1950年生，中央大学大学院修了，訳書『地獄のソトム』エーヴェルス＆エルマー（早川書房刊），『ぼくたちがギュンターを殺そうとした日』シュルツ他多数

HM=Hayakawa Mystery
SF=Science Fiction
JA=Japanese Author
NV=Novel
NF=Nonfiction
FT=Fantasy

宇宙英雄ローダン・シリーズ〈666〉

イジャルコルの栄光《えいこう》のために

〈SF2368〉

二〇二三年六月　十日　印刷
二〇二三年六月十五日　発行

（定価はカバーに表示してあります）

著者　H・G・フランシス　ペーター・グリーゼ
訳者　渡《わた》辺《なべ》広《ひろ》佐《すけ》
発行者　早川　浩
発行所　株式会社　早川書房
郵便番号　一〇一 - 〇〇四六
東京都千代田区神田多町二ノ二
電話　〇三 - 三二五二 - 三一一一
振替　〇〇一六〇 - 三 - 四七七九九
https://www.hayakawa-online.co.jp

乱丁・落丁本は小社制作部宛お送り下さい。送料小社負担にてお取りかえいたします。

印刷・信毎書籍印刷株式会社　製本・株式会社川島製本所
Printed and bound in Japan
ISBN978-4-15-012368-0 C0197